徳間文庫

泥棒猫ヒナコの事件簿

泥棒猫リターンズ

永嶋恵美

徳間書店

contents

第一話　泥棒猫リターンズ　005

第二話　回線上の幽霊《ゴースト》　073

第三話　初日の幕が上がるまで　161

泥棒猫リターンズ

泥棒猫ヒナコの事件簿

第一話

泥棒猫リターンズ

『あなたの恋人、友だちのカレシ、強奪して差し上げます』

文面は、一字一句違《たが》えずに覚えている。「オフィスCAT」という会社名も。他にも『しつこい恋人にお悩みのあなた』『ぜひ一度、お電話ください』といった文言が並んでいたように記憶している。早い話が「別れさせ屋」だ。

それだけ関連ワードがあるのだから、ネットで検索をかければ楽勝だと思っていた。

なのに、見つからない。

竹田緑《たけだみどり》は、もう何度めになるかわからないため息をつく。やっぱり電話番号のメモをなくしたのが痛かった。

いやいや、不可抗力だ。小学生のころのメモなんて、誰が後生大事に保管しておくだろう？　それに、連絡先リストに電話番号が登録してあるのだから大丈夫だと思っていた。

失敗だったのは、それが会社の固定電話ではなく、スタッフ直通の携帯電話の番号だったことだ。080で始まる番号も、これまた後生大事に使い続けるような代物《しろもの》ではない。連絡先リストに残っていた「シノハラカエデ」の番号にかけてみたら、予想どおり、「おかけになった番号は現在使われておりません」だった。

「カエデさん、辞めちゃったんだろうな……」

当時、彼女が何歳だったのかは知らない。でも、あれから八年も経《た》っているのだ。小学五年生だった緑も、今では大学生。自分の変化を思えば、彼女が今も怪しげな会社の「見習い」でいるとは考えにくい。

カエデが辞めたというよりも、オフィスCATそのものがなくなってしまったのではないか。そう考えるのが妥当だろう。

ただ、八年前、助けてもらった身としては、「あんな商売が続くはずがない」と思いたくなかった。今もどこかで、彼女たちは誰かを助けている、そう信じたい。

振り返れば絵空事のように思えるけれども、あのとき、カエデに出会ったことで、自分は大災厄を切り抜けたのだ。

だから、「オフィスCAT」の後ろに「閉鎖」だの「終了」だのをくっつけて検索する気になれずにいた。それが、間違っていたのかもしれない。むしろ、検索すべきだったのは、そこだ……。

現実に向き合わなければと、自分に言い聞かせつつ、「オフィスCAT　終了」で検索をかける。猫の動画だの、ペットショップの広告だのが検索候補の筆頭に来るのは、これまでと同じだ。それに混ざって、建設機械の画像がいくつか。これも、今までと同じ。

少しばかり異なるのは、いわゆる風俗店のものと思われるサムネイルが混ざり始めたこと。営業終了のお知らせ、というやつだ。もちろん、そんなものに用はない。それらを避けつつ、しかし、確認を怠らずに、緑はひたすら画面をスクロールさせ続けた。

結果から言えば、「終了」と「閉鎖」をくっつけても、オフィスCATにはたどり着けなかった。ただ、気になるものも見つけた。白紙のページの片隅に『again』とだけ、小さな文字が並んでいる。アゲイン。再び、ということ。リンク先ではない。ごく普通の黒い文字だ。

確証はない。根拠もない。でも、緑の目には、それがオフィスCATの跡地のように映った。探してごらん、と言われている気がした。

とはいえ、ネットでの検索はそこで手詰まりになった。思いつく限りの単語を「オフィスCAT」の後ろにくっつけてみたが、それらしいサイトにたどり着くことはできなかったのだ。

これといった成果も進展もないまま、翌日になった。別の方法を考えるべきかも、と思い始めるタイミングで、またしてもヒントを拾った。

いつものように、家を出て、駅へ向かう途中だった。駅前の交差点を白いワゴン車が横切っていった。車体には「不動産仲介」の文字。

『ヒナコさんの友だちから借りた。その人の勤め先の車』

まるで昨日のことのように、カエデの声が耳によみがえった。

『＊＊不動産のハヤカワ、ハヤカワリサです』

これだ、と思った。

地下鉄の車内で、都内の不動産仲介業者を調べた。大学へ向かう途中の三十分では足りずに、帰りの車中でも検索をかけた。

名前はうろ覚えだったし、ロゴも丸っこくてオレンジ色だったことしか記憶にない。だから、あとは該当しそうな不動産屋に、片っ端から電話してみるしかなかった。

「そちらにハヤカワリサさんはいらっしゃいますか？」

近所の公園のベンチに座って、この台詞《せりふ》を繰り返すこと数回。

『どちら様でしょうか？』

当たり、だ。一桁の試行回数で引き当てたのだから、幸運なほうだろう。

「シノハラと申します」

本名を名乗るのは、リスクが高いと思った。カエデは恩人だし、いい人だ。しかし、オフィスCATの現状がわからない今、個人情報は極力、伏せておいたほうがいい。

『シノハラ様ですね？　少々お待ちくださいませ』

ぷつりと音がした後、耳慣れたメロディが流れ出す。『グリーンスリーブス』だ。エルガーの『愛の挨拶』と同じくらい、耳にする回数が多い気がする。

『お待たせしました。お電話代わりました。恐れ入りますが、どちらのシノハラ様でしょうか』

「あの……ハヤカワリサさんですよね？」

『はい、左様でございますが』

もしや、同姓同名の別人だろうか？　シノハラという名前を出したというのに、どうにも反応が薄い。

「ヒナコさんのお知り合いの方、ですよね？」

フルネームで知っているのはカエデだけで、「ヒナコさん」のほうはファーストネームしか知らない。もしも、相手が同姓同名の別人だとしたら、これほど怪しさ満載の電話はないだろう。

『もしかして、何かお困りですか？』

わずかに声のトーンが低くなるのを聞いて、またも当たりだと思った。間違いない。今、話している相手こそ、「ヒナコさんの友だち」だ。

「連絡先を知りたいんです。オフィスＣＡＴの」

ほんの少しだけ、間があった。

『でしたら、折り返しかけ直してもよろしいでしょうか。私用電話になりますので』

「あっ。すみません！」

あわてて謝ると、「いいえ」と穏やかな声が返ってきた。気を悪くした様子は感じられない。緑は胸をなで下ろす。

『夜の九時過ぎでも大丈夫でしょうか？』

「はい。私、竹田緑といいます」

もう本名を名乗っても大丈夫だと思った。

折り返しの電話が来る前に、ショートメールが入った。

『先ほどは失礼いたしました。早川梨沙と申します。午後九時ちょうどにお電話を差し上げますが、よろしいでしょうか？　ご都合が悪い場合は、こちらにその旨ご返信くださいませ。九時でよろしければ、返信不要です』

時間に不都合はなかったから、返信はしなかった。発信元の番号を連絡先リストに登録し、「早川梨沙」と打ち込んだ。こんな字だったんだ、と思った。高校時代のクラスメートに「里沙」という名前の子がいたせいで、緑の脳内では「早川里沙」と変換されていたのだ。

そういえば、カエデさんもヒナコさんもどんな字を書くのか知らなかったな……などと考えていると、スマホの液晶画面が切り替わり、「早川梨沙」と表示された。午後九時ジャストだ。

『夜分に恐れ入ります。早川ですが……』

「竹田です。すみません。こちらからかけようかとも思ったんですけど」

発信元の電話番号がわかるショートメールをよこしたのは、そちらからかけてくださいね、という意味なのではないか、という気がしないでもなかった。同時に、気の回しすぎかもしれないとも思った。緑ちゃんは気を回しすぎるのよ、もっと鈍感力を養いなさいね、と継母《はは》にいつも言われる。

『いえいえ。お気になさらず』

相手の声に不快そうな響きはない。

『それより、念のために確認させていただきたいのですが、竹田節子《せつこ》さんのお嬢さんですよね？』

どうして、と言いかけたが、緑は急いで「そうです」と答えた。たぶん、オフィスCATには、過去の依頼人についての情報が記録されているのだろう。だとすれば、継母の名前が出てきても不思議はない。

『緊急性の高い案件ですか？　今日明日中に何とかしたい、とか』

「いえ。そこまでは……」

急いだほうがいいのかもしれないとは思う。だが、急いだからといって、好ましい結果になるかどうかはわからない。

『だったら、スタッフが直接、お話を聞いたほうがいいですよね。ご都合のいい日時と場所を教えていただけます？』

「その前に、お訊《き》きしたいんですけど、料金は前と同じですか？」

　何しろ、八年である。値上がりしたものもあれば、値下がりしたものもあるが、「泥棒猫」の相場はよくわからない。

『料金というよりも、システムが若干、変わったんですよ』

　基本料金十万円。覚えやすかったから、今も忘れていない。そこに、延長料金だのオプション料金だのが加算されたように記憶しているが、その辺の詳細となると、うろ覚えだ。

「値上がりしたってことですか？」

『いえ。基本料金の十万円は変わりません』

「じゃあ、延長料金とかが値上がりしたんですか？」

　正直、それ以上は出せない。というよりも、緑にとって、気持ち的な上限が十万円だった。

『延長料金や各種オプションという区分はなくなったんです。なので、十万円というのは、基本料金というよりパック料金とお考えいただければ』

「え？　安くなったってこと？」

　このご時世ですから、と梨沙は苦笑混じりに言った。

『ただ、着手から完了までの期間は、こちらで指定させていただきます。そのためにも、まずは直接、お話を伺ってみないことには……』

明日でもかまわないと言われたから、大学の講義が終わった直後の時間を指定した。待ち合わせ場所は、大学と自宅のちょうど中間にある駅を選んだ。

我慢していられたのは、そこまでだった。

「あの……シノハラカエデさん、もういらっしゃらないんですか？」

オフィスＣＡＴの連絡先を探しているときから、ずっと気になっていた。昼間、梨沙から電話をかけ直すと言われたとき、次はカエデからかかってくるんじゃないかと期待した。電話の主が梨沙だと知って、がっかりしたけれども、少しくらいはカエデの話が出るかもと思った。なのに。

『そうですよね。本当は、シノハラがよかったですよね』

ああ、やっぱり。カエデさんはもう、いないんだ……。と、思ったときだった。

『ごめんなさい。タッチの差で入院しちゃったんですよ』

「え？　ご病気なんですか？」

『急性虫垂炎で』

何だかカエデさんらしいな、と緑は思った。

【一日目】

ヒナコさんの名前って、こんなに画数が多かったんだ、と思った。ネームカードには、横書きで「皆実《みなみ》雛子」と印刷されていた。下のほうには、SNSのID。電話番号でもなければ、メールアドレスでもない。いや、それよりも何よりも、もっと気になることがあった。

「あの……雛子さん、ご本人なんですよね？」

八年前、オフィスCATの見習いだったカエデは、雛子のことを「怖い正社員」と言った。だから、雛子はカエデよりも年上なのだろうと思っていた。

「ええ。八年前、シノハラに泣きを入れられて、早川に口裏合わせと営業車の手配を頼んだのは、私です」

赤いセルフレームの眼鏡に、三本の三つ編みという奇妙なヘアスタイル。白いセーラーカラーのブラウスに、ピンクの吊《つ》りスカート。イベント会場の類《たぐい》ならまだしも、駅の改札口でその姿を見たときには、ぎょっとした。

だが、もっと驚いたのは、その服が決して若作りには見えなかったことだ。いったい、この人は何歳なのだろう？

「もっと、おばさんだと思ってました？」

図星だったが、はいそうですと答えるわけにもいかない。緑は曖昧に笑ってごまかした。

「年齢のことはさておき、当時の事情は把握しておりますので、ご安心を。緑さんも弊社のことはご存じのようですから、単刀直入に伺いますね」

本題に入りましょうか、と言った記憶の中のカエデと、目の前の雛子の顔が重なって見えた。

「誰から誰を横取りしましょう？」

「従姉《いとこ》から、その交際相手を……」

八年前は、父親とその再婚相手を別れさせてほしいと頼んだ。自分自身が当事者でないのは、今回も同じ。どうも、自分はそういう巡り合わせらしい。

「くわしく話していただけますか？」

緑は、うなずいて話し始めた。継母の姪であり、緑にとっては親友でもある、久保《くぼ》美春《みはる》のことを。

八年前、緑がまだ小学生だったころ、父親が証券取引法違反で逮捕され、実刑判決を受けた。たまたま関係者に著名人が名を連ねていたこともあり、不当に重い判決だったらしい。しかし、緑の父は控訴審で負けた後は上告せずに服役した。「見せしめにされた時点で勝ち目はない」と判断したのだという。

会社と自宅は人手に渡り、緑は継母の実家に身を寄せ、高校卒業までを茨城県で過ごした。父方の祖父母が緑を引き取ると言ってくれたが、緑は継母とともに父の出所を待つことを選んだ。

幸い、継母の両親は緑を実の孫たちと同じように可愛《かわい》がってくれた。近所に住んでいた従姉とも、年齢が一歳違いだったこともあり、すぐに仲良くなった。緑は五月生まれで、従姉の美春は三月生まれ。学年こそ違っても、生まれた日はたった二カ月しか違わない。それが、ますます美春との関係を近しいものにした。

他にも、美春とは共通点が多かった。得意科目は数学と社会、短距離走より長距離走が好きで、合唱パートはメゾソプラノ。服と靴のサイズも同じ。中学では、二人とも生徒会役員だった。美春が会長、緑が副会長で、美春の卒業後は緑が会長を務めた。同じ高校に進学し、当然のように美春に誘われ、生徒会に入った。

父の刑期満了は高校在学中だった。緑の学校のことを考えて、父は茨城県内に家を借りた。東京へのアクセスも良く、かつ、緑の通学にも支障がないという立地だった。

そして、緑の高校卒業と同時に、一家は再び東京へと引っ越した。すでに父は仕事を再開し、知人とともに新たな会社を立ち上げていた。出所後も、変わらずに父と仕事をする人々がいるということは、やはり父に下された判決は不当に重かったのだと思わずにいられなかった。

それもあって、緑は進学先に法学部を選んだ。刑法を一から学びたいと思ったのだ。同じ大学の商学部には、一足先に大学生となった美春がいた。学部が違うから、中学や高校のときほどには、ともに過ごす時間は取れないだろうな、とは思っていた。

実際、学内で美春と顔を合わせることは滅多になかった。ただ、その理由は単に「学部が違うから」ではなく、美春はカレシと会うのに忙しかったのだ。

それだけなら、何も問題はない。緑は、従妹として、親友として、美春の恋を応援しただろう。

『ハルちゃんのカレシって、どんな人？』

思えば、緑のほうから尋ねるまで教えてくれなかった、という事実がすべてを物語っていた。

『バイト先の店長』

『じゃあ、社会人なんだ？』

それも、かなり年上である。長とつく肩書きの持ち主なのだから。とはいえ、歳《とし》の差カップルなんて、別にめずらしくもない。しっかり者の美春にとって、年齢の近い男子は頼りなくて物足りないのかもしれないとも思った。ただ。

『バツイチなんだよね。三歳になったばかりの女の子がいる』

それを聞いた刹那《せつな》、ひどく胸騒ぎがした。

「本当の理由は何ですか？」

緑の話が一区切りつくと、雛子がまず尋ねたのが、それだった。

「バツイチで子持ちなのが気にくわない……っていうだけの話ではないんですよね？」

緑はうなずいた。誰を好きになろうと、誰とつきあおうと、それは美春の自由だ。でも。

「彼女、留年しそうなんです」

サークルの先輩に商学部の二年生がいて、教えてくれたのだ。あなたの従姉、今のままだと進級危ないよ、と。

「そのカレシとのおつきあいのせいで？」

「だと思います。ハルちゃんは彼のせいじゃないって言ってたけど……」

「でも、彼女が恋愛にかまけて学業をおろそかにしたとしても、それは彼女の責任ですよね？　あなたが彼女を真っ当な生活に引き戻す義務はないわけで」

それも、十万円という大金を払ってまで。雛子はそう言いたいのだろう。当然だ。ここまでの話だけなら。

「のめり込みすぎてると思うんです。熱くなりすぎっていうか……」

「大学を中退して結婚するとでも、おっしゃいました？」

緑は思わず目を見開いた。「ハルちゃんらしくないよ。勉強怠けるなんて」と言ったとき、美春はこう言ったのだ。真剣に店長との結婚を考えている、大学なんてやめてもいい、と。

「自分の真剣さを示すために、人は自分の大切なものを引き合いに出します。それと引き替えにしてもいいくらい、真剣なんだという言い方をするんです」

「自分の、大切なもの……」

「ええ。お話を伺った限りでは、美春さんは真面目な方のようですから、引き合いに出すとしたら、学業かなと」

当たりでしたね、と雛子が微笑《ほほえ》んだ。

「でも、真剣だから反対するというのも、おかしな話ですよね？　親御さんが反対したとしても、緑さんだけは応援しそうなものですが、それをしないのは、なぜですか？」

「彼女、血のつながらない親子っていうのを、簡単に考えすぎてるような気がしてならないんです。私と継母がうまくいってるのを見てるせいで」

父が再婚して一年以上、緑は継母のことを「節子さん」と呼んでいた。子供っぽい嫌がらせこそしなかったものの、距離を置いて、どこか冷ややかな目を向けていた。

美春はそのことを知らない。茨城に引っ越したときには、緑はもう継母を「お母さん」と呼んでいたからだ。しかも、当時の緑と継母は、父の留守を守る同志でもあり戦友でもあった。それが傍目《はため》には、「血のつながりもないのに、実の母と娘以上に仲むつまじい」と映ったのだろう。

「血がつながってなくても、うまくいくものなんだな、そんなにむずかしく考えなくてもいいんだなって、思わせちゃったのかも……。本当は、ぜんぜん、そんなことないのに」

緑と継母が実の母娘《おやこ》同然でいられるのは、継母の努力があったからだ。緑のことを大切に思い、良い母親であろうとしてくれた。誰にでもできることではないと、緑は知っている。でも、それは他人からは見えない部分だ。

「もしも、私たちがうまくいっていなかったら、ハルちゃんは、もっと慎重になったんじゃないかって。もしかしたら、最初から対象外にしてたかもしれない。バツイチの子持ちに抵抗感がなかったのは、成功例を見ちゃったせいかなって、思うんです」

「それで、責任を感じた？」

緑はうなずいた。

「ご自分で説得はされたんですよね？」

「もちろん、しました。でも、聞く耳持たずっていうか。最後はケンカになっちゃったんです」

美春とは長いつきあいだから、幾度となくケンカもした。生徒会室の外にまで響く大声で、口論したこともある。それでも、あれほど頑《かたく》なな美春を見るのは初めてだった。だからこそ、わかった。説得は無理だ。これ以上、口論を続ければ、美春との友情は修復不可能なまでに壊れてしまう。

「大切な方なんですね」

雛子の言葉がすべてを言い尽くしていた。

＊

緑ちゃんとケンカしたのは何年ぶりだったっけ、と美春は指を折って数えてみる。

……三年ぶりだ。

高校の文化祭の少し前だった。文化部の物販を認めるかどうかで、意見が割れて、口論になった。自分が二年生で副会長、緑が一年生で会計。二人とも譲らず、当時の会長が折衷案を出して場を収めた。

たぶん、自分と緑は似すぎているのだろう。だから、本気でケンカになったら、どちらも譲れなくなってしまう。誰かが間に入ってくれない限り。

今回、何とも宙ぶらりんな幕切れになってしまったのは、その誰かがいなかったせいだ。三年生の生徒会長も、顧問の教師もいない。自分たちだけだったから、妙な終わり方になった。二人とも譲らず、納得もしなかった。

「はーちゃん、あい」

犬のぬいぐるみが鼻先につきつけられ、美春は我に返った。

「あっ。ごめんね」

じっとこちらを見ているふたつの目。小さな鼻の上に縦じわが寄っている。どこか店長に似てる、やっぱり親子なんだな、と思う。

「あい！」

再び、ぬいぐるみが押しつけられる。美春は、「ルナちゃん、ありがとう」と笑って、ぬいぐるみを受け取る。月と書いてルナ。初めて聞いたときは、思いっきりキラキラネームじゃん、と思ったが、口には出さなかった。店長の妻の命名らしい。いや、妻ではなくて、元妻だ。

彼女が娘を置いて、若い男と出奔してしまったのは、一年前だという。ありがちだろ、と店長は苦笑しながら話してくれた。

『店長って言っても雇われで、薄給だからさ。結婚してみたけど、がっかりとか思ったんじゃないかなあ。それにほら、ウチの店、地味だし』

コンビニに地味も派手もないだろうと思ったが、「華やかな仕事」ではないのは確かだ。

とはいえ、美春がこの店でアルバイトをしようと思ったのは、その地味さが理由だった。「華やか」というイメージのアルバイトは、セクハラと紙一重だと思い知らされたからだ。かといって、学習塾や予備校のアルバイトは、やたらと責任が重く、今や「ブラックバイト」の筆頭である。

地味でもいいから、長く続けられるようなバイト先がいいというのが、いくつかのアルバイトを渡り歩いた実感だった。だから、いつも利用していた近所のコンビニに「急募！」の貼り紙が出たときには、迷わず応募した。

時給はそこそこだったけれども、アパートから徒歩三分という立地がいい。自分の行動範囲から外れると、たとえそれが電車で一駅だったとしても、次第に負担感が増していくものだ。

美春のアパートは、私鉄の二路線のちょうど中間にあった。どちらも利用できて便利である反面、どちらの駅からも遠い。不動産屋は「便利」のほうを強調したが、その割に家賃が格安だった理由が実際に住んでみてよくわかった。大学に行かない日に電車で出かけるのが、ものすごく億劫《おっくう》になった。

だから、電車に乗らずに行けるというメリットは、時給の低さを補って余りあると思った。多少、時給が高かったとしても、続けられなければ意味がないのだ。

大学までの定期代もさほどかからず、かつ家賃格安というアパートをがんばって探したのは、ひとえに生活費を抑えるためだった。親は気にしなくていいと言っているが、再来年には弟も大学に進学する。頭の出来がいいとは言えない弟だから、もしかしたら浪人するかもしれない。我が家の台所事情が決して楽ではないことを、美春は知っている。

それに、就活のこともある。インターンシップだの何だのと時間をとられれば、アルバイトどころではなくなるだろうから、今のうちに貯金を作っておかなければと思った。本格的に就活が始まれば、黒いスーツを新調しなければならないし、靴だって何足も履きつぶすと聞いている。就職するためにお金がかかるというのも妙な話だが、そういう馬鹿馬鹿しいシステムで社会は動いているのだから、仕方がない。

でも、この店でバイトしたおかげで、店長に出会えた。いや、実際に出会ったのはもっと前だろう。この町に引っ越してきて約一年半、レジカウンターを挟んで顔を合わせたことくらいあったはずだ。「ただのおじさん」と記憶から締め出してしまっただけで。

レジカウンターの内側に入って、店長に仕事を教わってみると、「ただのおじさん」ではなかったと思った。美春にとって、「ただのおじさん」とは、年下の女に対して横柄で失礼な態度をとる連中だった。或《あ》いは、「何でもセクハラセクハラって、それじゃあ何も言えなくなっちゃうよ」とか何とか、下品な笑いを浮かべるか。だったら何も言うんじゃねえよ、そっちのが百万倍マシだよと、何度思ったことか。

別に、紳士的である必要はないのだ。相手によって態度を変えたりせずに、ごく普通に話してくれれば。たったそれだけのことが、「ただのおじさん」には途方もなくハードルが高いらしい。

でも、店長は違った。アラ還やアラフィフのパートさんに対しても、留学生のグェン君にも、高校生のユリちゃんにも、そして美春にも、同じように「ごく普通」に接した。セクハラまがいの言葉なんて、もちろん、口に出したりしない。こんな人もいたんだ、と驚いた。

コンビニだから、客としてやってくる「ただのおじさん」は我慢するしかなかったが、スタッフ側に「ただのおじさん」がいないだけでストレスは激減した。時給の安さなんて全く気にならなくなった。

ただ、想定外だったのは、店長を好きになってしまったこと。店長にとっては、もっと想定外だったらしい。美春が「好きです。つきあってください」と言ったときには、目をまん丸にして驚いた後、しばらくは本気にしてくれなかったほどだ。美春がからかっているわけでも、冗談を言っているわけでもないと信じてくれた後も、「俺、バツイチだし、子持ちだし」と何度も言った。

だから、美春は反論したのだ。バツイチも子持ちも関係ないから、と。いや、そこも含めて店長が好きだった。娘の前で、ちゃんとお父さんの顔になるところがいい。すごく、いい。

そもそも、美春が恋心を自覚したのは、店長の子連れ出勤がきっかけだった。シッターさんが急病で倒れたとか、そんな理由だったか。朝、『今日の夕方、入れる？二時間、いや、一時間でいいから』と店長から電話が入ったのは。

その日は午後にも授業が入っていたが、終わると同時に教室から飛び出せば、間に合わなくもなかった。店長の困り果てた声を聞いて、何とかしようと思った。

電車に乗っている時間以外はひたすら走り、夕方のシフトに間に合わせた。入れ違いに店長は脱兎《だっと》の如《ごと》く店を出ていき、美春とアラフィフのパートさんの二人で、一番忙しい時間帯へと突入した。そのせいで、くわしい事情を聞けなかった。

だから、バックヤードで店長と鉢合わせしたときには仰天した。何しろ、小さな女の子を抱き抱《かか》え、肩で息をしていたのだから。申し訳ないけれども、一瞬、「誘拐」の二文字が脳裏をよぎった。

『いや、ええと、その。シッターさんが急に来られなくなって。お迎えから、こっちに直行で……』

そのとき聞けた「事情」はそれだけだった。美春は再びレジへと引き返した。夕方の「二時間」を乗り切って、バックヤードに戻ると、店長が隣で子供を遊ばせながら、本部に提出する書類を作っていた。

『一度、お帰りになったんじゃないんですね』

『さすがに、まだ一人で留守番できる年齢じゃないからねえ』

そう言われて、「シッターさんが急に来られなくなって云々《うんぬん》」を思い出した。

『もうこんな時間か。上がっていいよ。今日は悪かったね』

お疲れさまと笑って、店長はノートパソコンを閉じた。パートさんもあと三十分で上がってしまうから、夜勤のスタッフが来るまでの小一時間、店長は帰れない。辞めてしまったスタッフの補充がまだできていなくて、シフトは綱渡りだった。

でも、店長がレジに入ってしまったら、「まだ一人で留守番できる年齢じゃない」子供が一人、バックヤードに取り残される。休憩スペースさえろくに確保できないような狭い場所だ。おまけに、段ボール箱だのコンテナだのが至るところに積み上げられている。それが倒れてきたりしたら……。

『お子さん、見てましょうか？　あと一時間くらいですよね？』

店長が安堵《あんど》の表情を浮かべるのを見て、言ってよかったと思った。

夜勤のスタッフと、「シッターさん」の後釜がなかなか決まらず、その後もシフトの綱渡りは続いた。

店長が夕方から子連れ出勤をすると、そのたびに、シフトが終わった美春が子守りを引き受けた。店長の娘、ルナは三歳にしては聞き分けが良いほうらしく、それほど手はかからなかった。

いや、実際にはそうでもないということが後にわかったが、当時は楽だったのだ。保育園帰りのルナは夜の八時を過ぎると、疲れて眠ってしまう。その後は、ルナを膝に抱えて座っているだけでよかったのだから。

店長は、眠っているルナを起こさないように、負ぶい紐《ひも》で器用に背負って、自転車に乗って帰って行く。その後ろ姿を見送るのも好きだった。

そう、美春の「好き」の範囲には、店長だけではなくて、ルナも入っている。だから、「二人っきりのデートとか、できないよ？」と言われても、かまわないと答えた。三人でお弁当を持って出かけるとか、店長の家でいっしょにテレビを見て、ご飯を食べるとか……そんな「デート」で十分《じゅうぶん》に楽しかった。

その後、保育園のお迎えを引き受けてくれる人は見つかったものの、それ以降の時間まで見てくれるシッターさんは見つからなかった。そのころには、美春も店長の家の勝手が分かってきていたから、美春がシッターさんの代理を務めるようになった。店のシフトは、早番に変えてもらった。

夕方、店長の家に行き、保育園から帰ったルナを出迎え、晩ご飯を食べさせる。店長が帰宅するころには、ルナはたいてい眠ってしまっているから、そこからは二人きりの時間だ。

最初のころは、律儀に自分のアパートに帰っていたけれども、一度、泊まってしまうと、それが習慣になった。着替えを置かせてもらうようになると、自分のアパートは単なる物置になってしまった。大学に行くときに、ちょっと立ち寄るだけの「教科書置き場」だ。

それでも、授業をサボろうと思ったことはなかった。思ったことはなかったけれども……結果的にそうなってしまった。

子供というものが、あんなに頻繁に熱を出すものだとは知らなかった。そして、熱を出したが最後、保育園では絶対に引き受けてくれないのだ。或いは、保育園にいる最中に発熱すると、即、引き取りに来いと電話がくる。あまりの問答無用っぷりに、美春は呆然《ぼうぜん》とした。

レジのワンオペより、子育てのワンオペのほうがよっぽどハードじゃん……。

子供を置いて男と駆け落ちという行為が、どれほど無責任で迷惑なものか、よくわかった。店長にも心の底から同情した。私がついているから、と思った。片づけは下手だし、子供の世話もうまくできないけれども、店長が安心して出勤できるように留守番するくらいならできる。

店長が「ありがとう。助かったよ」と言ってくれるだけで、うれしい。それに、店長はやさしい。ケンカをしたことなんて、一度もない。いつも笑ってすごせる自分は幸せだと思う。……小さな不満がないと言えば、嘘《うそ》になるけれども。

＊

「美春さんの親御さんは、どこまでご存じなんでしょう？」

「たぶん、全然知らないと思います。バツイチの子持ちとつきあってるなんて知ったら、叔父さん、大激怒だろうし。あのハルちゃんが留年なんて、想像もしてないと思うし……」

勉強を怠けて叱《しか》られるのは、弟の尚人《なおと》ばかりで。緑が知る限り、美春が問題を起こしたことなど、一度たりともなかった。

「それに、同じ大学に緑さんがいるから」

「そう……なんですよね」

緑に何かを期待しているわけではないと思う。でも、同じ都内に伯母と従妹が住んでいるということで、叔父夫婦は安心しきっている。見知らぬ土地に娘をやるわけではないのだから、と。

「それもあって、責任を感じてらっしゃるんですね」

自分では意識していなかったが、言われてみればそのとおりだ。それもある。

「そのお相手の方を横取りされて、美春さんがひどく傷ついたとしても、かまわないとお考えですか?」

「それは……」

その可能性はもちろん、考えた。同時に、自分の傲慢《ごうまん》さに気づいた。他人の恋をぶち壊して、それでも平気だなんて、何様のつもり? と。

「かまわないと言い切るのは抵抗がありますけど。でも、本当に本当に、本気の恋なら、一度別れても、元サヤだと思うんです。ハルちゃんはそういう人だから」

でも、そうはならない。たぶん。口論になったとき、彼女は緑と目を合わせなかった。緑のほうを向いているのに、視線は逃げていた。だからこそ、緑は決意したのだ。

オフィスCATを探そう、と。

「わかりました。お引き受けします。料金は十万円。期間は、そうですね……一週間でしょうか」

「えっ？　たった一週間？」

「ただし、緑さんにもご協力いただけるという条件を満たした上で、ですが。それから、美春さんについての詳細な情報を」

「詳細な情報？」

あからさまに疑わしげな顔をしていたに違いないが、雛子は全く気にしていない様子で、「さっそく今夜から始めましょう」と微笑んだ。

［二日目］

バックヤードから出るなり、美春は目を見張った。店長がレジで客と話し込んでいる。こんな光景を見るのは、初めてだった。そもそも、コンビニにやってくる客の多くが店員と言葉を交わすのを億劫がる人々ばかりである。

たまに、個人商店の店先と同じつもりなのか、孫と同世代の相手がうれしいのか、長々と話し込もうとする高齢の客と出くわすこともあるが、あくまで「たまに」だ。

その客は高齢者ではなかった。二十代後半、いや、三十代前半だろうか。落ち着いた雰囲気の女性だった。驚いたことに、菓子折を持参している。

「よかったら、ルナちゃんにどうぞ。アレルギーはないっておっしゃってましたよね？」

客ではなくて、知り合いらしい。誰だろう？　いや、店長にだって知り合いの一人や二人、いて当然なのだけれども。

「すみません。お仕事中にお邪魔してしまって」

美春が見ているのに気づいたらしい。彼女は、ちらりと視線をよこすと、店長に一礼して出て行った。きれいな人だ、と思った。

「今の人、近所の人……ですよね？」

幸い、カウンターの中で無駄話ができる時間帯だった。駅前ではなく住宅街にあるコンビニは、時々、ばったりと客が途絶える。

「らしいね」

「え？　知り合いじゃないんですか？」

「昨日の夜、ちょっとね。人助け？　そういうやつ」

日付が変わった直後だったという。真っ青な顔をした女性が駆け込んできたのは、やはり、客足が途絶える時間帯だった。

『どうしました?』

『後をつけられて……』

完全に息が上がっていた。全力で逃げてきたらしい。どう見ても、尋常な様子ではなかった。

『警察を呼びましょうか?』

しかし、女性は首を横に振った。ということは、後をつけてきた相手は顔見知りなのだろう。別れ話がこじれたとか、その類に違いないと思った。

『友だちに車で迎えに来てもらおうと思うんです。ここで待たせてもらってもいいですか?』

もちろん、承諾した。迎えに来てくれる友人がいるなら、そのほうがいい。一人で外に出るなり、ぶっすり……なんてことになったりしたら、寝覚めが悪い。

女性が電話をかけている間に、バックヤードから丸椅子を持ってきて、レジの陰になる場所に置いた。店の外からは見えないように、だ。

『良かったら座ってください』

『すみません。十分くらいで来てくれると思うので……』

実際には、彼女の友人が現れたのは二十分後だった。

「夜中だろ？　本当に来てくれるのか、心臓ばくばくだったよ」

店長はそう言って、左胸を押さえる仕種《しぐさ》をした。二十分間、見知らぬ女性と二人。

話題に困って娘のことを話した、といったところか。

「カレシがお酒飲む人じゃなくて良かったですね」

「いや、カレシじゃなくて、女友だちだった」

夜中に車で迎えに来ると聞いて、「友だち」と言ってはいても、本当は恋人だろうと思ったのだが、違ったらしい。

「ずいぶん、面倒見のいい友だちなんだ……」

「そうだね。年上の友だちだからかなあ」

「年上？」

「うん。学校の先輩と後輩なのかな？　さっさとカレシを作れって怒られてたよ。まあ、そんなことが言えるんだから、仲がいいんだろうね」

真っ先に思ったのが「恋人なし、現在フリー」ということだった。少し遅れて、緑の顔が浮かぶ。仲がいいという言葉を聞いて、最初に浮かんだのが緑の顔でなかったことに戸惑う。

「職場の先輩と後輩とか？」

「いや、違うんじゃないかなあ。爪、長かったし、二色に塗ってたから。看護師さんで、それはないと思うよ」

店長はどちらが看護師とは言わなかったが、美春にはピンときた。さっきの女性だ。ちらりと見ただけだが、口紅の色は薄かったし、派手なネイルが似合うような服装でもなかった。

ということは、迎えを待つ二十分の間に、相手の職業にまで話が及んだわけだ。話題に困るどころか、けっこうな盛り上がりだったように思えて、それが美春にはおもしろくない。

「後をつけてきたのって、元彼なんですかね？」

「うーん。どうだろう？」

首を傾《かし》げる仕種に、なぜだか、苛立《いらだ》ちを覚えた。

「だって、警察呼ぶなって言ったんでしょう？　元彼で、元サヤ希望だからじゃないですか？」

「ストーカーまがいのことをしてきた時点で、元サヤはないと思うよ。いくらなんでも。元カレかどうかだって、怪しいもんだ」

明らかに不機嫌な口調だった。なんでムキになって否定するんだろうと、美春まで不機嫌になる。だいたい、店長自身だって、相手は顔見知りだろうとか、別れ話がこじれたとか、そんなふうに解釈していたくせに。

妙にぎすぎすした空気になったことに気づいて、美春は狼狽《ろうばい》した。ケンカひとつしたことがないはずなのに……。同時に、不安になった。その原因が、さっぱりわからなかっただけに。

＊

美春と仲直りするのは、驚くほど簡単だった。

この前はごめんねと、緑のほうからＬＩＮＥでメッセージを送ったら、一分とたたずに『私のほうこそ、ごめん』と返ってきた。ケンカをしてから、すでに数日が経過していたから、お互いに頭が冷えたというのもあっただろう。

問題は、その次だった。うちに晩ご飯を食べにおいでよ、と美春を誘うこと。美春が応じやすいように、父親が海外出張中で、今は継母と緑の二人きりだと付け加えておいたものの、むずかしいだろうなとは思っていた。

このところ、美春はバイト先と、カレシの家と、自分のアパートの「三角地帯」からほとんど出ていないようだった。ケンカになったあの日にしても、緑のほうから美春のアパートに出向いたのだ。

しかも、雛子の指示は「今日か明日のうちに連絡を入れて、遅くとも明後日《あさって》までには自宅に招くこと」だった。絶対に無理だと思った。それでも、指示どおりにメッセージを送ったのは、八年前のカエデの言葉、「正式に依頼を受けたら、ほぼ確実」を思い出したからだ。

驚いたことに、美春はあっさりとイエスの返事をよこしてきた。それどころか、「明日か明後日」という緑の提案に対して、『明日がいい』と返してきたのである。

「明日、ハルちゃんを晩ご飯に呼びたいんだけど。いいかな？」

唐突すぎる緑の申し出に対して、継母はにっこり笑って言った。

「デザートは桃のプリンとシフォンケーキ、どっちがいい？」

継母が物わかりのいい人でよかったと、改めて思った。

【三日目】

店長を困らせてやりたかった。たぶん、子供じみた意地を張っていたのだと思う。ぎすぎすした空気が不愉快で、昨日は店長の家に泊まらずに自分のアパートに帰ってしまった。もっと引き留めてくるかと思ったのに、「わかった。気をつけて」とだけしか言われなくて、ますます腹が立った。

だから、明日か明後日、晩ご飯を食べに来ないかと緑に誘われたとき、「明日」などと答えてしまったのだろう。

それでも、昼前までは迷っていた。店長に「困るよ」と言われたら、緑との約束をドタキャンしてしまうかも、とも思った。休憩時間に『急に親戚の家に行かなきゃならなくなって』と店長にショートメールするまでは。

ところが、店長の返事は『親戚づきあいは大事にしとかないとね』だった。メールではなく直電《ちょくでん》が来るかもと思っていただけに、裏切られたような気分になった。

私がいないと困るんじゃないの？　それとも、シフトをちょこちょこっといじれば何とかなる話だったの？

電話だったら、その場で問いつめていただろう。いや、休憩時間が終わりかけていなければ、詰問メールを送ったかもしれない。

ひょっとして、店長はそれを見越して、休憩時間が終わるぎりぎりにレスしてきたんだろうか、とまで思った。休憩に入る時間はレジの状況によりけりだが、休憩が終わる時間は決まっている。何より、店長はそれを知っている……。

邪推といえば邪推だった。根拠なんて、ひとつもない。なのに、腹が立った。問い詰めたとしても、のらりくらりとかわされると予想できてしまうのが、なおのこと腹立たしい。

もしかして、ケンカをしたことがないのは、はぐらかされていたせい？

そんなふうに考えてしまう自分に嫌気がさした。気持ちがささくれ立つのを感じた。だからだろうか。久々に節子伯母の手料理を食べて、涙が出そうになった。鮮やかな彩りの魚介のパエリアに、星形のパスタを浮かべたスープ。どれも美味だった。伯母の作ったチキンサラダは、子供のころからの大好物だ。

お正月や夏休みに、祖父母の家に親戚が集まると、伯母は子供たちの好物を必ず一品ずつ、食卓にのせてくれた。弟の尚人の好物はウズラの卵を入れたスコッチエッグ、従兄《いとこ》の雅司《まさし》はエビとコーンを入れた焼売《しゅうまい》。

小学校六年から、その場に緑が加わった。伯母が緑のために作ったのはホタテ入りのポテトサラダで。それは美春のためのチキンサラダと同じ大皿に仲良く盛りつけられていた……。

おしゃべりに花を咲かせていると、すっかり遅くなってしまった。勧められるままに泊まり、布団の中で、おしゃべりの続きをした。しょっちゅう、お互いの家に泊まりに行っているのに、よくそんなにしゃべることがあるものだと親に呆《あき》れられたな、と思った。

大学に入ってからは、その習慣が途絶えていた。正確には、店長とつきあうようになってから、だ。

それに気づくと、なぜだか落ち着かなくなった。また自分に嫌気がさしてしまいそうで、美春は考えるのをやめにした。

［四日目］

翌朝は、節子伯母の作った飛び切り美味なパンケーキを食べて、緑といっしょに家を出た。

「一限から授業？　にしては、早いよね？」

美春はシフトが早番だから、店に直行するにしても七時台の電車に乗らなければならなかった。しかし、大学の始業時刻は八時半。緑の家から大学まで、二十分弱だ。

「もしかして、私に合わせてくれた？」

「ううん。サークルの朝練があるから。授業は二限からだよ」

「朝練？　緑ちゃん、英会話のサークルに入ったって言ってなかった？」

「そうだよ。学祭で英語劇やるから、それで」

言われてみれば、学祭の準備がどうこうという話をちらっとしていた。準備というのは、英語劇のことだったらしい。

「出番はちょっとだけなんだけど、台詞が多いから、覚えるの大変なんだ」

「でも、一年生で役がもらえるなんて、すごいよ」

美春の言葉に、緑が照れたような笑みを浮かべた。もしかしたら、一年生で役をもらえたのは、緑だけなのかもしれない。確か、緑のサークルはそこそこ人数がいたはずだ。

そうか、学祭が近いんだ、と今更のように思った。そういえば、去年の学祭も全く見に行かなかった。あのころは、土日に長時間のバイトを入れていたからだ。

それに、夏休み前にサークルを辞めてしまっていた。しつこく言い寄ってくる上級生にうんざりしたのだ。私って男運が悪いのかな、と思う。あの上級生がいなかったら、サークルを続けていたかもしれない。

サークルが忙しければ、バイトに割く時間もそんなになくて、セクハラとパワハラが大好きな「ただのおじさん」たちと出会わずにすんだ。あの手合いの下で働くのに懲《こ》りて、近所のコンビニの求人広告に目を留めた。もしも、あのとき……。

美春は考えるのをやめた。このところ、考えごとをするのが億劫に思えることが増えた。緑は、学祭の英語劇の話を続けている。その横顔がとても楽しげで、きらきらと輝いて見えて……うらやましかった。

途中の駅で緑と別れ、電車を乗り換えた。通勤時間帯だったせいで、電車が遅れて、美春は駅から店に直行した。

アパートに戻る余裕があれば、早番のシフトを終えた後、再び駅に直行できるから、ぎりぎり午後の授業に間に合う。だが、店からアパートに教科書を取りに戻っていたのでは、遅刻してしまう。

それに、時間ジャストに上がれるとは限らない。レジが混んだり、宅配便の持ち込みが続いたりしたら、店を出るのが遅くなる……。

それじゃダメだと思い直した。このところ、怠けすぎているという自覚はあった。バイトと子守りに体力を奪われて、いろいろなことが面倒くさくなっている。要するに、たるんでいるのだ。大学生のお手本のような緑を見て、反省した。

少しくらい遅刻しても、駅までの道を全力疾走する羽目に陥《おちい》っても、授業に出なければ。

自分だけ先に抜けるのが申し訳ないとか、そんなふうに考えて、ずるずる退店時刻を引き延ばしてはならない。本部の会議から店長が戻ってくるのを待っていようとか、考えてはダメだ。その店長に「これも頼んでいい？」と言われてつい、なんてパターンにハマるのは、もっとダメだ。時間ちょうどに上がれるように、しっかり仕事に集中しよう……。

ところが、その集中を乱すような邪魔が入った。またあの看護師が店にやってきたのだ。通路で商品の補充をしていた美春のところへ、まっすぐにやってきて、彼女は紙袋を差し出して言った。大型書店の紙袋だから、菓子折ではなさそうだ。

「これ、店長さんに渡していただけます？」

別に横柄な態度だったわけでもないのに、むしろ、にこやかに言われたにも拘《かか》わらず、イラッときた。

「申し訳ありませんが、個人的な用件はお受けできかねます」

「あら。困ったわ……」

間違ったことを言っているわけではない。得体の知れない客から、得体の知れない品を受け取るわけにはいかないのだ。

「わかりました。そうね、ご自宅に直接持っていったほうがいいわね」

「えっ？」

予想外の言葉だった。手にしていた菓子パンを落としそうになった。ご自宅に直接？　なぜ、そんなことができる？　どうして、この女が店長の家を知っている？

「どうもありがとう。お仕事中にごめんなさいね」

言葉が出なかった。何か言ったほうがいい、言い返したい、そう思っても舌が凍り付いたように動かない。女が店を出ていった後になって、悔しさがこみ上げてきた。

「美春ちゃん、今の人、何だったの？」

アラ還のパートさんが興味津々といった顔でレジカウンターから出てくる。

「ストーカー……みたいな？」

「ええっ？　それ、ほんと？」

「たぶん。何だか、気持ち悪い感じだったし」

ストーカーというのも、気持ち悪い感じというのも、誇張だったが、自宅まで押し掛けようとしているのだから、危ない女に違いない。

そう思ってしまうと、落ち着かなかった。ひどく胸騒ぎがした。残り一時間あまりの仕事は完全に上の空だった。

さすがにバーコードリーダーを通すだけのレジ打ちを間違えることはなかったが、立て続けに割り箸《ばし》を入れ忘れ、宅配便の伝票控えを渡し忘れた。新人並みのミスだ。

「美春ちゃん、今日はお客さん少ないから、ジャストで上がりなさいよ」

見るに見かねたのか、むしろ邪魔と思われたのか、パートさんはシフト終了の五分前にそう言って美春をレジ前から追い出した。

そんなふうに言われてしまっては、店長を待っているわけにもいかない。美春は通用口を出ると、自分のアパートへ向かった。急いで教科書を取りに戻れば、午後の授業に間に合う。

だが、さっきの女のことが気になって仕方がなかった。「ご自宅に直接」と言っていたが、今、店長の家には誰もいない。まさか、腹を立てて火をつけるなんてことはしないだろうが、あの紙袋の中身がわからないのが不安だ。

いったい中身は何だったのだろう？　大型書店の紙袋だから、本？　顔見知りでもない女が本を届けに来る？　いや、それはなさそうだ。爆弾？　まさか。じゃあ、何？

考えてみれば、受け取りを拒否したのは他ならぬ美春自身なのだ。あのとき、変に意固地にならずに受け取っていれば、店長に渡す前に、こっそり中身を確かめることだってできたのに。しくじった、と思う。

美春はスマホを取り出した。本部の会議は、いつも午前中だった。もう終わって、店長は店に向かっているはずだ。事情を話しておいたほうがいい。家に押し掛けて、誰もいなかったとしたら、再び店にやってくるかもしれない……。

しかし、電話はつながらなかった。『後でメールします』というデフォルトのメッセージが送られてきた。ちょうど電車で移動している最中だったらしい。

どうにも落ち着かない気持ちを抱えたまま、アパートに戻ったところで、店長から電話が入った。

『何かあった？』

「この前の女の人、看護師でしたっけ？　あの人、また店に来たんです」

『えっ？　彼女、店にも来たの？』

店にも？　店に、ではなく？

「やっぱり、家に押し掛けてきたんですか？」

『いや。そうじゃなくて……』

店長が口ごもった。

「そうじゃないなら、何なんですか？」

思わず、詰問口調になった。さっきまで、あの女が店長に何かするのではないかと思っていたが、見当違いのような気がし始めた。

『いや、大丈夫だから』

「何が大丈夫なんですか？」

『あー。何も、心配するようなことはないから』

「だから、何が……」

そこまでだった。『電車来たから』という一言とともに、電話が切れた。

またた、と思った。不快な感覚がまざまざと蘇《よみがえ》った。あの女が菓子折を持ってきた直後の、店長との会話。不協和音にも似た、ぎすぎすした空気。

急げば午後の授業に間に合う。けれども、気がつけば、通学に使っている駅とは反対方向へと自転車を走らせていた。店長の家の方角へと。

店長の家は、築三十年の賃貸マンションだった。エントランスはオートロックではないから、侵入し放題、だ。美春は外付け階段を一気に三階まで駆け上がった。なぜ、こんなことをしているのか、自分でもよくわからない。

ちゃんと授業に出なきゃ。これ以上、出席日数が足りなくなると、単位がもらえない。進級が危《あや》うくなる。緑に言われるまでもなく、わかっていた。

店長が好きだから、大学なんてやめて、結婚する。緑にそう言い返したときには、本気だった。でも、本気の中に嘘が混ざっていた。

店長から合い鍵をもらったときには、うれしかった。初めて、合い鍵で部屋に入ったときには、どきどきした。店長の娘と二人で留守番をしたときには、信頼されていると誇らしかった。でも……。

合い鍵でドアを開ける。もちろん、店長はいないし、ルナもまだ保育園だ。なのに、一歩入るなり、足が止まった。

一昨日の夜は、自分のアパートに帰った。昨日はバイトと大学に行き、緑の家に泊まった。だから、ここに来なかったのは、二日未満だ。離れていたのは、たったそれだけなのに、妙なよそよそしさを感じた。

そっと靴を脱ぐ。よそよそしさの正体がわかった。いつもより、少しだけ、部屋の中が片づいていた。わざわざ掃除をしたわけではなくて、まさに「片づけた」という感じだ。

カーテンレールにひっかけたままだった洗濯物のハンガーが消えていた。それだけではない。他にも消えたものがある。水切りかごに積み重ねたままの食器に、椅子にかけっぱなしだったエプロン。テーブルの上が定位置だったテレビとエアコンのリモコンはそれぞれのスタンドに戻されている。

『そうね、ご自宅に直接持っていったほうがいいわね』

あの女だ。それ以外、考えられない……。

部屋の中に手を触れないようにして、美春は外へ出た。自分のほうがストーカーになったような気がした。


授業が終わる十五分前に、やっと教室にすべり込んだ。こんな大遅刻では、当然、欠席扱いである。でも、それでかまわなかった。どうせ出席にしてもらえないからとサボったら、そのままレポートやテストもサボってしまうだろう。

久々に顔を合わせる友人に先週と先々週のノートをコピーさせてもらった後、再び店長の家へと向かった。昨日は「親戚の家に行く」と断ったけれども、今日は何も連絡していない。

スマホを取り出す。LINEも留守電も入っていない。最初のころは、『今日はどうする?』とか、『来てもらえる?』とか、そんなメッセージが入っていた……。

当たり前のように、店長の家で子守りをして、当たり前のように時給にカウントされない仕事をしていたことに気づいた。少しも当たり前なんかじゃないのに、と今さらのように思った。

いや、ずっと前から気づいていた。ただ、店長が喜んでくれる顔が見たかったから、少しでも店長といっしょにいたかったから、当たり前だと思い込もうとしていた。店長がいつもにこにこしていたから、自分だけが不満を口にするのは悪いような気がしていたのだ。本当にそうだったんだろうか？

ただ、子供にはそんな大人の思惑なんて関係ない。ルナは夕方から美春が来るのが当たり前だと思っているだろう。

合い鍵を使って部屋に入り、窓を開けた。あの女の残り香があるわけでもないのに、そうせずにいられなかった。

来る途中で買ったお総菜のパックを入れようと、冷蔵庫を開けて、ぎょっとした。いつもがらがらだったはずの庫内に、四角い密閉容器がいくつも入っていた。ふたには「ポテサラ・水曜まで」だの「チキン南蛮・木曜まで」だのと書かれたシールが貼ってある。

これもあの女が、と苦々しく思った。「マンゴープリン」という容器まである。なぜか、節子伯母の顔が浮かんだ。それがますます不快感をあおった。

甲高《かんだか》い警告音が鳴って、冷蔵庫を開けっ放しにしていたことに気づく。あわてて扉を閉めたところで、今度はインターフォンが鳴った。ルナが帰ってくる時間だった。

玄関まで走り、ドアを開ける。すっかり顔見知りになったシッターさんの手をふりほどいて、ルナが部屋に駆け込んだ。

「今日は園からのお手紙が入ってますから。お父さんに伝えてくださいね」

保育園のお迎え専門のシッターさんは、美春の母よりかなり年上で、祖母に近い年格好の女性だった。彼女は、美春のことを学生のアルバイトだと思っている。変に好奇心を刺激したくなかったから、とくに訂正はしなかった。

「昨日の追試、大丈夫だった？」

「えっ？　あ、大丈夫でした」

昨日、美春が急にすっぽかしたことを店長はそんなふうに説明したらしい。確かに、痴話ゲンカめいたことをやらかした、なんて言えるはずがない。

「学生さんは大変ねえ」

「すみません。当日にいきなり。ご迷惑おかけしました」

「あら。いいのよ。気にしないで、いつでも言ってちょうだい。私のほうは、いくらでも融通が利くんだから」

「そう……なんですか？」

「だって、子供たちは独立しちゃって、ダンナだけだもん。どうにでもなるわよぉ」

　この年齢の女性特有の大げさな仕種つきで笑うと、彼女は帰っていった。美春はしばらく、玄関先から動けなかった。

　いくらでも融通が利く？　どうにでもなる？　話が違う。店長は、シッターさんが見つからないと言っていた。やっと見つかったのが、平日一時間だけの人だった、と。

　見つからなかったのではなく、一日あたり一時間以上の報酬を支払いたくなかっただけ？　……私なら、タダだから。

「はーちゃん、プリン」

　ルナに手を引っ張られて、美春は我に返った。ルナが美春を冷蔵庫のほうへと引っ張っていこうとする。例のマンゴープリンのことを言っているらしい。

「ルナちゃん、お手々、洗った？　まだだよね？」

「やだぁ！　プリン！」

　ルナの口がへの字になった。なだめすかして手を洗ってやって、着替えさせて、プリンを皿に取り分けてやって、ルナが食べている間に通園カバンの中身を出して……。

考えただけで、どっと疲れた。いつもやっていることなのに、なぜだろう？

ルナが床にひっくり返って泣き出す。こうなると手がつけられない。本当は、泣かれる前に気を逸《そ》らさなければならなかったのに。

泣きたいのはこっちだ、と思ったときだった。再びインターフォンが鳴った。宅配便だろうか？　シッターさんが引き返してくれたとか？　あるわけがない。店長？　まだ勤務時間中だ。子守りを肩代わりしてくれる人が来てくれたのだったら、どんなによかっただろう、と勝手なことを思いながらドアを開ける。

「こんばんは。あら、あなた、お店の方ね？」

一番、見たくないと思っていた女の顔が目の前にあった。何も、今のタイミングで「ご自宅に直接」来ることもないだろうに。

「何の用ですか？」

しかし、女は美春の問いを無視して、部屋をのぞき込んだ。その手には、例の紙袋がある。

「ルナちゃん、ご本、持ってきたわよ」

大泣きしていたルナが、ぱっと飛び起きた。女は紙袋の中から絵本を一冊取り出すと、ルナに手渡した。

「これ、重たいので気をつけてくださいね」

女が紙袋を差し出す。どうやら、中には絵本が何冊も入っているらしい。まさか、本当に中身が本だとは思わなかった。

「それじゃ、私はこれで。ルナちゃん、またね」

帰ろうとする女の上着の裾をルナがつかんだ。

「ごほん、よんで」

不意によみがえる光景があった。ここに初めて泊まった日、こんなふうにルナに引き留められた。今よりもっと小さかったルナは、美香のスカートの裾をつかんだ。小さな子供に引き留められるのは初めてだったし、自分が必要とされているようで、うれしかった。でも。

別に、私じゃなくてもよかったんだ……。

胸の中で、何かがぶつりと音をたてて切れた。

「私、帰るんで、あとはお願いします」

紙袋を女の手に押しつける。エプロンを椅子の背にひっかけ、バッグをつかむ。呆《あっ》気《け》にとられた顔の女の横をすり抜け、靴を履く。

私じゃなくて、あなたでもいい。ううん、あなたのほうがいい。私なんかより、看護師で子供の扱いに慣れてて、家事も上手な女のほうがいいんだ……。

音をたててドアを閉める。階段を下りながら、スマホを取り出す。

勤務時間中だから、留守電だ。もちろん、承知の上である。

「例の看護師が来たんで、私は帰ります。もう来ません。バイトも辞めます。さよなら」

無責任この上ないことを言ってしまった。でも、次のスタッフが見つかるまで、なんて言っていたら、店長は絶対に「次」を探してくれないとわかっていた。

もういいや、と思った。誰に何と言われようと、どう思われようと。

＊

動きがありましたと雛子から電話が来たのは、美春を夕食に招いた翌日の夜だった。

「えっ!? もう、ですか？　だって、まだ五日……違うか、四日だ。四日しかたってない」

『緑さんのご協力の賜《たまもの》ですよ』

協力といっても、たいしたことはしていない。美春に仲直りのメッセージを入れて、夕食に誘っただけだ。しかし、雛子はそれが重要だったのだという。

『美春さんをターゲットから引き離すことができましたので、その間に接近できたんです』

まず、夜中に「後をつけられた」と言って店に駆け込み、助けを求める。迎えの車を待つ間、ターゲットとおしゃべりをして親密になっておく。車で迎えに来たのは、早川梨沙だった。かつて依頼人だったという彼女は、今では時折、オフィスＣＡＴの助《すけ》っ人《と》を務めているという。

その翌日、雛子は菓子折を持って、コンビニまで出向いた。店長が何時に店に出るかは、すでに聞き出してあった。あとは、美春のアパートの前に張り込んで、その自転車にくっついて店に向かえばいい。美春が制服に着替えている間、レジの店長のところへ行けば、まさに「親しげに」会話している瞬間を美春に見せることができる。

「それで、ハルちゃん、誘いに乗ってきたんだ……」

カレシが見知らぬ女と親しげに話していたのだから、腹に据えかねたに違いない。しかも、美春は意地っ張りだ。緑も同じく意地っ張りだから、その後の美春の心理状態は手に取るようにわかった。

「でも、その後は？　さすがに、昨日の今日で告るとか無理ありすぎなんじゃ？」

『別に、告ってませんよ。ただ、もう一度、訪ねていっただけで』

「告らなくても、それってむずかしいんじゃないですか？　だって、家に行くとか、それなりの理由が必要でしょう？」

『いいえ。簡単でしたよ。菓子折の紙袋の底に、わざとスマホを入れておきましたから』

確かに、手荷物が多いとき、定期入れやスマホをいつもとは違う場所に入れてしまうことはある。そそっかしい人なら、手荷物が多くなくても、やらかしそうだ。なるほど、少し時間をおいて、そのスマホに電話をかけ、「取りに行ってもいいですか？」と言えば、まず断られることはない。

『先にターゲットが気づいてくれるかどうか、そこは賭けでしたけどね。まあ、美春さんが先に気づけば、別のやり方に切り替えるだけの話ですが』

そうやって、たたみかけるように接近して、相手の家に上がり込み、部屋を片づけたり、手料理を持ち込んだりした。それを目《ま》の当たりにした美春は、さぞ困惑したことだろう。

『美春さんは片づけ嫌いの料理好きとのお話でしたから、苦手ジャンルはほどほどに、得意ジャンルは徹底的にアピールさせていただきました』

ターゲットの気を引き、美春の逆鱗《げきりん》に触れるように、と雛子は笑った。

『おそらく、一両日中に美春さんから連絡があるでしょう。そのときに』

雛子の口調が少し変わった。

『今すぐ会おうって、言っていただけませんか？　話を聞くよって』

「もちろんです」

『よかった。ご協力、感謝します』

言われなくても、そうするつもりだった。

父の逮捕後、緑は茨城の小学校に転校した。もしも美春がいなかったら、転校先での生活はまるで違ったものになっていただろう。いじめのターゲットにされることもなく、父親のことも詮索されずにすんだのは、美春のおかげだった。

当時、美春の親友には、年子の妹がいた。その妹というのが、緑が転入したクラスにいたのだ。彼女は周囲に強い影響力を持つ女子、今風に言うならインフルエンサーだった。美春があれこれとお膳立てしてくれたおかげで、緑は彼女を味方につけることができた。

中学でも、一年早く進学していた美春が緑を生徒会に誘ってくれた。高校でもそうだった。いつも美春は緑の先を歩いて、道を作ってくれた。緑にとって、美春は従姉で親友で、大恩人なのだ……。

「だけど、予定より、ずっと早かったですね。一週間もかかってないし」

『いえ、まだ残務整理がありますから。お約束どおりの日程になると思いますよ』

「残務整理？」

『その辺りは、直接、お会いしてご報告しますので。報酬もその際に手渡しでお願いできますか』

「わかりました」

また連絡しますね、という言葉で雛子との電話は終わった。

【五日目】

「あのね、私、お母さんのこと、最初は節子さんって呼んでたんだよ。一年以上ずっと」

「そうなの？」

コーヒーカップを持ったまま、美春が目を丸くした。雛子から電話がかかってきた翌日、緑は大学の近くで美春と会っていた。

美春からの連絡は、ＬＩＮＥでもメールでもなく、電話だった。軽いノリで、美春は『別れちゃった』と言った。緑もなるべく軽いノリで返した。お茶しようよ、今から会える？　と。

ただし、話題は決して軽くはなかった。だから、逆に言えそうな気がした。一部始終を美春から聞かされた後、緑は再婚した直後の継母との関係について、話しておこうと思ったのだ。

「想像つかないよね。だから私、ちょっと責任感じてたんだ。私たちがうまくいってるとこしか見てないから、ハルちゃん、子持ちのバツイチ男でもいいって思っちゃったのかなって」

ごめんねと謝ると、美春は驚いた顔をした。

「違うよ。それ、全然違うから。だって、私、節子伯母さんが再婚のとき悩んでたって知ってたもん」

「そうなの？」

今度は緑が驚く番だった。継母が再婚に際して悩んだ、という話は初耳だったのだ。

「そうだよ。悩まないはずないじゃん。だって、いきなり小学生の娘ができるんだよ？　二分の一成人式も終わっちゃってる子だよ？　ちゃんとした人なら、悩んで当然……って、緑ちゃん、知らなかったんだ？」

「知らなかった。お母さん、一言もそんなの言ってなかったもん」

「伯母さんらしいなあ。って、ウチの母親がおしゃべりなだけか」

小学生だった緑は、そうとも知らずに「父親が社長になったから、お金目当てで結婚したのかも」などと疑ったりもした。一年以上も継母のことを名前で呼び続けたのは、それもある。悪いことをしたな、と反省した。いささか遅きに失した感もあるが。

だからね、と美春が真顔になって言った。

「緑ちゃんが責任感じることないんだよ。私が店長を好きになったのは、セクハラもパワハラもしなくて、ネンチャクでもなかったから」

美春の説明によれば、一年生のときに入ったサークルで、上級生にネンチャクされた、つまり執拗に交際を迫られたのだという。それでサークルを辞め、アルバイトに精を出そうとしたら、立て続けにセクハラ男とパワハラ男に見舞われた……。

「なんかね、おじさんなのにセクハラもパワハラもしないし、イクメンだし、すごくいい人に見えちゃったんだよね。ずるいとことか、いい加減なとことか、ちっとも見えてなかった」

「ハルちゃん、それ、比較の対象が悪すぎ。そこまでハードル下げなくても」

だよねえ、と美春は大げさに肩を落とす仕種をした。

「店長のことばっかり言えないな。私も、ずるかったんだ。必要とされてるって、それだけで気分いいんだもん。サークルもバイトも続かなかったけど、私のせいじゃないって思えたし」

実際、それは美春のせいではないと思う。単に、運と巡り合わせが悪かっただけだ。

「なんていうか、合法的な逃げ道に見えたんだよね」

「逃げ道って？」

「サークルもバイトもダメで、このままじゃ就活もダメかなって……。けっこうな仕送りをもらって、一人暮らしをさせてもらってるのに。なんか、罪悪感すごくて。もう、いろんなことから逃げたくなっちゃって」

それが「大学辞めて結婚する」だったのか。ハルちゃんらしいな、と思う。挫折したり、逃げたりするのは自分を許せないから、もっともらしい理由がほしかった。それも、誰かの役に立つから、という理由が。

「そっか。でも、ちゃんと自分からケリをつけたんだから」

「ブチ切れただけなんだけどね」

苦笑いを浮かべる美春に、心の中で「ごめんね」と謝った。美春をブチ切れさせたのは、他ならぬ自分なのだ。オフィスCATに依頼を出したのは。結果はどうあれ、その事実は変わらない。責任は自分にある。それを忘れてはならないと思う。

「私、ハルちゃんのそういうとこが好きだよ」

「えー？　何それ？　ブチ切れるとこが？」

「ブチ切れるとこも。全部、大好きだよ」

美春が緑の味方であったように、この先、何があっても、美春の味方でいようと緑は心に決めた。

［最終日］
雛子から『残務整理が終わりましたので、ご報告を』と連絡があったのは、依頼からぴったり七日後だった。
いっしょにいるところを美春に見られないようにと、雛子が指定してきたのは、王子駅前の喫茶店。確かに、王子なら大学からも美春のアパートからも緑の家からも遠い。
それに、昔ながらの店構えで、地下にある喫茶店だった。外からは店内の様子がわからず、照明が薄暗いせいで、他のテーブルの客の顔もよく見えない。万に一つ、美春がここへやって来たとしても、これなら心配なかった。

「美春さんも、わかってらしたと思うんです。破局まで秒読みだったことは。というよりも、すでに好意も愛情も残っていなかった」

「じゃあ、放っておいてもハルちゃんは別れてたってことですか？」

それはどうでしょうか、と雛子は小さく首をかしげた。

「仮に別れることになったとしても、時間がかかったと思いますよ」

「今期の試験には間に合わなかった？」

「おそらく。別れるためには後釜が必要だったんです」

「後釜？」

「店長の娘さんの面倒を見てくれる人が。そういう人が見つからない限り、彼女からは別れを切り出せない。責任感の強い方ですから。看護師を装ったのは、ターゲットの気持ちをつかむのと同時に、後釜候補として最適だったからです」

あっ、と思った。美春の言葉が耳によみがえった。

『だって、私、節子伯母さんが再婚のとき悩んでたって知ってたもん』

美春は何ひとつ、「軽く考えて」などいなかった。きちんと考えて、責任を感じていたから、途中で放り出すような真似《まね》ができなかった。

ハルちゃんはずるくなんかないよ、と緑は心の中でつぶやく。

「でも、この後、雛子さんもいなくなっちゃうわけですよね？　大丈夫なんですか？」

美春は「あとは看護師の女に任せた」と思い込んでいるが、雛子との契約は今日で終了する。結果的に、幼い子供を放り出した形になってしまう……。

「昨日のうちに、シッターさんを頼んでもらってますから、心配いりません。実家の親が倒れて、一時的に帰省するからって言ったんです」

そのままドロンですけどね、と雛子が笑う。

「ハルちゃんの話だと、ずるくてドケチな男みたいでしたけど。そんなにあっさり、シッターさんの費用を出す気になったんですか？」

「だから、一時的にって言ったんですよ。ずっとじゃない、今だけだって思えば、案外、受け入れるものなんです」

下手《へた》に騒ぎ立てて嫌われたら、元も子もないと考えたのかもしれない。その程度の計算はできそうな男だ。

「娘さんの予防接種の予約とか、利用しやすい家事代行サービスを調べておくとか、お膳立てはしておきましたしね。あとは彼の責任です」

片親家庭が大変なのは、誰よりも知っている。行政の支援の類がほとんど当てになの役目ではない。ただ、それは美春とは関係のない話だ。あの父娘《おやこ》を支えるのは、美春らないことも。

「それに、彼はずるくてドケチですけど、悪い人じゃありません。そこは、美春さんの見立てどおりで。自分がやるしかないと腹をくくれば、それなりにやっていくと思いますよ」

よかった、と胸をなで下ろす。自分のしたことが無駄ではなかったと思うと、うれしい。

「残務整理って、このことだったんですね。ありがとうございました」

ところが、雛子は「いいえ」と答えた。どこか、いたずらっぽく笑いながら。

「むしろ、こちらの都合なんですよ」

「都合って?」

「シノハラの退院、今日なんです」

そういえば、急性虫垂炎の入院期間は一週間くらいだったような気がする。

「じゃあ、カエデさんに……」

会えるんですかと言おうとしたときだった。すぐ後ろのテーブルから、人が立ち上がる気配がした。雛子がほほえんでいる。他のテーブルの様子がわかりにくい店を選んだ、本当の理由に気づく。

「緑ちゃん、久しぶり」

なつかしい声だった。

泥棒猫リターンズ

泥棒猫ヒナコの事件簿

第二話

回線上の幽霊《ゴースト》

おかしなこだわりを持つ客、というのは決してめずらしいものではないと早川梨沙は知っていた。

不動産業者が仲介するのは、賃貸物件という名のプライベートスペースである。その選択には個人の好み、つまりこだわりが色濃く反映される。ただ、妙なリクエストを出してくる客には二種類ある。めんどくさい客と、めんどくさくない客だ。

目の前の客はどっちだろう？　外見は、二十代半ばくらい。明るい髪色に、控えめなメイク。少し前の言い方をすれば、「ゆるふわ系女子」だろうか。ただ、彼女の出してきた条件は外見のようにゆるくもなければ、ふわふわでもなかった。

「なるべく駅に近くて、人通りが多くて……ええと、七階建て以外のマンションで、三階以外の部屋で」

彼女はいきなり、機関銃の如《ごと》き勢いでまくしたてた。駅からの距離や人通りにこだわるのは、一人暮らしの女性としては当然であるから、そこはごく当たり前の条件である。ただ、マンションの規模や部屋の階数をピンポイントに除外されるケースは、あまりない。

「それと、向かいにコンビニがあるのはイヤです」

さらに、彼女は具体的なコンビニエンスストアの名前まで出してきた。なぜ、マンションの向かいに青い看板のコンビニがあると「イヤ」なのか？

「できれば、西向きの角部屋以外で」

さらに条件を絞り込まれてしまった。彼女は間違いなく「めんどくさい客」だ。

「家賃は八万まで出せます。ワンルームでいいです。エレベーターもなくていいです。トイレとお風呂は別がいいけど、無理だったらいっしょでいいです」

今度は、「いい」の連発。ここで、気づいた。彼女は特定の条件の部屋を嫌っているらしい。

「新宿まで一時間以内に出られるなら、路線はどこでもいいです。それから……」

お客様、と梨沙はやんわりと客の言葉をさえぎる。

「もしかして、何かお困りなんじゃありませんか？」

客の口許《くちもと》が開きかけたままで固まった。ビンゴ、だ。

「少々お待ちください」

梨沙は私物入れの中からカードケースを取り出す。ただ、中身は名刺ではない。一枚取り出し、客に差し出す。

「QRコード……だけ？」

「ご事情にもよりますが、お力になれるかもしれません」

そう言って、梨沙はほほえんでみせた。


【一日目】


イタッともアタッともつかない悲鳴を上げて、その人は中腰になった。テーブルの横に小さな椅子が置いてあることに気づかず、思い切り足をぶつけてしまったらしい。

そそっかしい人だな、と千崎萌花《せんざきもえか》は思った。

「狭い場所では気をつけなさいって、あれほど言ってるのに」

「すみません、雛子さ……ぎゃっ！」

今度は何かと思えば、上着のボタンホールがテーブルの角に引っかかっている。確かに角張ったテーブルではあるが、決して大きくもないボタンホールをそこに引っかけるのは、むしろ、むずかしい気がする。しかも、カラオケボックスのテーブルは低い。よりにもよって、中腰になったタイミングで引っかけなくても、と思う。

「楓《かえで》ちゃんったら、言ってるそばから……」

そこで、不思議に思った。目の前の二人は、いったい何歳なんだろう、と。待ち合わせ場所に二人が現れたときには、「皆実雛子」のほうが年下で、「篠原楓《しのはらかえで》」のほうが年上だと思っていた。服装のせいだ。

セーラーカラーの白いブラウスにピンクの吊《つ》りスカートの女性と、辛子色のニットワンピースに焦げ茶色のジャケットを羽織った女性。どちらが年上に見えるかと言えば、断然、後者。つまり、楓のほうだ。

そういえば、昨日、受け取ったメッセージには、「皆実雛子」の服装は事細かに記されていたが、もう一人、「篠原楓」の服装については全く書かれていなかった。

通りすがりに入った不動産屋で、ＱＲコードだけが印刷されたカードをもらったのは、一昨々日《さきおととい》のこと。

怪しいと思いつつも、それをスマホで読みとって、リンク先を開いてみたのが、一昨日の夜。そこには、『あなたの恋人、友だちのカレシ、強奪して差し上げます』『税込み十万円』『成功報酬』といった言葉が並んでいた。

画面をスライドさせると、『あんな女が幸せになるなんて許せないと思っているあなた、別れたいのに別れさせてくれない、しつこい恋人にお悩みのあなた、ぜひ一度、ご連絡ください』という文章があった。さらにその下には、オフィスCATという社名と思《おぼ》しき名称とSNSのアカウントが。

念のために、「オフィスCAT」で検索をかけてみたが、そのサイトにはたどり着けなかった。「あなたの恋人云々《うんぬん》」やSNSのアカウントを検索ワードに変えても、結果は同じ。検索エンジン除《よ》けのタグを埋め込んであるのだ。

伊達《だて》にウェブデザインの仕事をしているわけではない。そのサイトを一目見ただけで、フィッシング詐欺の類《たぐい》とは違うと感じた。悪質なサイトやスパムメール特有の「イヤなニオイ」が全くなかった。これなら、賭けに出ても悪くないと思った。

それで、無料のメールアドレスを取得し、そのSNSのアカウントを作った。危ないと思ったら即、削除しても構わないアカウント、いわゆる「捨てアカ」と呼ばれるものである。

それを使って、オフィスCAT宛にメッセージを送った。名前は、センジュ。苗字《みょうじ》のセンザキを少しだけ変えた。バカ正直に本名を使うのは論外としても、全くの偽名にしてしまわなかったのは、もしかしたら本当に「お力になってくれる」相手かもしれないと思ったからだ。そういう相手に対して、あからさまな偽名は失礼になる。

そうやって、ほんの少しの信頼と、多大な疑念とともに送信したメッセージへのレスポンスは、驚くほど迅速だった。送信からわずか三分後、友だち登録のリクエストが送られてきた。リクエストを承認すると、これまた三分と経《た》たずに、SNSの無料通話機能を使って連絡がきた。

『ご連絡ありがとうございます。オフィスCATです。今、お話ししても大丈夫でしょうか？』

女の声だった。相手が同性で、おそらくは同年代だったことで、いくらか警戒がゆるんだ。それに、どうせ、捨てアカだ。危ないと思ったら、即刻、削除してしまえばいい。その安心感が萌花の背中を押した。

「大丈夫です」

『それでは、弊社のご説明をいたしますが、ご自宅にいらっしゃいますか？　ご自宅以外の場所ですか？』

なぜ、そんなことを訊《き》くのだろうかと思わなくもなかったが、「自宅です」と答えておいた。SNSの通話だけで現在地を特定できるはずがないし、ここで嘘《うそ》をついてメリットがあるとも思えなかったからだ。

相手も形式的に訊いただけなのか、短く『了解いたしました』と答えただけで、それ以上の言及はなかった。

『私どもは、一言で申し上げれば、泥棒猫派遣業を行っております』

「はい？」

ドロボウネコという言葉を理解するのが一瞬、遅れた。

『泥棒猫、です。恋人や配偶者と別れたい方、何らかの目的を持って他のカップルを別れさせたい方のために、特定の男性を合法的に強奪して差し上げるサービスです』

「それって、要するに……」

別れさせ屋ですよね、と萌花が口に出すよりも、相手のほうが早かった。

『いいえ。いわゆる別れさせ屋は交際や婚姻を破綻させることが目的ですが、私どもの目的はあくまで横取りです』

「結果的に、同じことなんじゃ？」

カレシを横取りされれば、結局は別れることになる。しかし、相手は萌花の思考を読みとったかのように、またも『別れるとは限りません』と言った。

『相手の弱みを握った上で、交際や婚姻を継続させることも可能ですから。終了か継続かは、あくまでお客様の自由意思です』

他の女と浮気したカレシや夫を許せるかどうか、という辺りはさておき、そういう需要もあるのかもしれない。

『或《ある》いは、悪者にならずに別れたい場合ですね。横取りされたのであれば、相手に対しても、周囲に対しても、自分は悪くないとアピールできます』

それだ、と思った。まさに、今、望んでいるものがここにある……。

「わかりました。それで、あの……ええと」

お金のことはどうも口に出しにくい。フリーランスで仕事をしているくせに、萌花はクライアントにギャラの話を切り出すのが苦手だった。

『報酬の件でしょうか？』

「はい」

よかった。察してくれた。

『サイトにも明記しておりますとおり、成功報酬で十万円です。契約期間については、面談の際にご説明いたします』

「税込み？　税抜き？」

『税込みです。必要経費が発生した場合は、実費のみ請求することもありますが、それも、ご相談の上です。勝手に追加料金を上乗せすることはありませんので、ご安心ください』

ぴったり十万円。引っ越しするより安い、と思う。

『説明は以上です。緊急性の高い案件に限って、このお電話でご依頼をお受けすることもできるんですが。お急ぎでしょうか？』

「いえ。別にそこまでは……」

『でしたら、以後のお話は、SNSのメッセージ機能でやり取りさせてください』

少しばかり拍子抜けした。てっきり、この電話で畳みかけるように依頼するかどうかと迫られ、事情を訊かれるのだとばかり思っていた。

『メッセージでしたら、盗聴の心配はありませんので』

盗聴と言われて、ぎくりとした。もちろん、その可能性はない。この部屋に入ったことがあるのは、両親だけ。カレシどころか、友人さえ招いたことがなかった。大学卒業と同時に引っ越して以来、自宅を行き来するほど親しい友人はゼロ。つまり、心配事や悩みを打ち明ける相手はいない。

にも拘《かか》わらず、盗聴という言葉に反応したのは、パソコンを遠隔操作して録音するといったやり方を知っているからだ。実行したことはないが、大学でプログラミングを学び、現在はウェブデザイナーの肩書きを持つ萌花はそのスキルを持っている。それだけに、神経質になってしまう。

『大丈夫ですよ。お客様は、無難な言葉しか口に出してらっしゃいませんから。その分、こちらが少々、せっかちな話し方になってしまいましたが』

そういうことだったのか。先回りしたような言い方は、萌花の口から「別れさせ屋」や「成功報酬」といった単語が出ないようにするためだったらしい。最初に自宅かどうかを訊いたのも、盗聴の可能性を考えてのことだった。

『それでは、ご連絡をお待ちしております』

通話が終わると同時に、萌花はメッセージ画面を開いていた。そこからのやりとりも速かった。何しろ、こちらのメッセージに対して、ほとんど間髪を容《い》れずに返信が来るのだ。

そんなわけで、昨日の今日で、オフィスCATのスタッフ二人と高田馬場《たかだのばば》駅の改札口で待ち合わせた後、カラオケボックスの個室で「面談」となったのだった……。

「ターゲットは、ご自身の交際相手ということで、お間違いはありませんか?」

店員が飲み物を置いて出て行くと、さっそく本題が持ち出された。萌花自身の自己紹介はすんでいた。信用してもいいと思えたから、本名を告げ、職業も明かした。フリーでウェブデザインを請け負う、いわゆるノマドワーカー、だ。ありふれたカタカナ仕事だからか、そもそも依頼人の職業などどうでもいいのか、詳細を訊かれることはなかった。

「遠距離恋愛中のお相手でしたね。お名前と年齢、職業を教えてください」

「山城翔太。会社員。二十六歳。私と同い年です」

「ヤマシロショウタさん？　字は山に、名古屋城の城、でいいんですよね？　ショウは、どのような字でしょう？」

「飛翔の翔に太いで翔太です」

萌花が答えると、楓がA５サイズのノートにそれを書き付けた。「山城翔太、会社員、26」と、ボールペンの文字が並ぶ。結構な癖字だ。にわかに親近感を覚えた。

「まずは、お二人の馴《な》れ初《そ》めをお聞かせ願えますか。知り合ったのはどこで、いつごろなのか」

理解してもらえるだろうか。意味が分からないという顔をされたらイヤだなと思ったが、正直に答えることにした。

「ゲームです。スマホの」

「あ、ソシャゲってヤツですか？」

いきなり楓がノートから顔を上げた。

「今ならナントカがもらえる、みたいなＣＭの、あれ。一時期、ネトゲ婚とかテレビでも取り上げられてましたよね。ゲームの中でパーティ組んで、それで仲良くなって……みたいな？」

「はい。そんな感じです。彼とは同じギルドだったんです」

ギルドという言葉は聞いたことがなかったのか、楓の頭が左寄りに傾く。

「プレイヤー同士のグループです。パーティと同じようなものだと思ってください」

あくまで加入は任意であること、ただし、単独では参加できないイベントがあるため、加入がほぼ必須となっていることも、ロールプレイングゲームにおけるパーティと似ている。要するに、呼び名の違いでしかない。

そして、この手のゲーム内にはたいてい掲示板が設けられていて、ギルドのリーダーによる「ギルドメンバー募集」の書き込みが頻繁に行われている。逆に、自分のレベルや能力値などを書き込んで、ギルドからのスカウトを待つというパターンもある。

萌花は後者だった。

掲示板に「初心者ＯＫのギルドを探しています」と書き込みをして、最初に勧誘されたギルドに入った。定期的にギルドを渡り歩くユーザーもいるが、移籍することもなく一年近くが経過した。女性メンバーの割合が多く、居心地がよかったのだ。

「おつきあいを始めたということは、メンバー同士で集まる機会があったということですか？　それとも、彼とだけお会いになったとか？」

そう尋ねてきたのは、雛子のほうだった。

「みんなで会いました。オフ会をやったんです。秋葉原のコラボカフェで」

「コラボ……カフェ？」

「ゲームのアイテムにちなんだ食べ物とか飲み物を出すカフェです。あと、店員がキャラのコスプレしてたり、物販があったり」

回復薬をイメージしたカクテルや、ゲームに登場した土地の「名物」と銘打った料理、キャラクターの衣装をイメージしたスイーツ。ゲームをプレイしたことのない人から見れば、「おかしな色の飲み物や変わった盛りつけの料理」が割高で提供されているようにしか思えないかもしれない。

「さすがに全員は無理で、集まったのは八人でしたけど」

それでも、三分の二が参加したのだから、出席率としてはまずまずだろう。

「会ったこともない同士がいきなり集まったんですか？」

「顔を合わせたことはなかったけど、話したことはあったので」

「というと、電話で？」

「無料通話アプリです。あれ、複数で同時に話せるから、使ってるギルド多いんです。ゲーム内にチャット機能もありますけど、対戦中に文字を打つの、めんどくさいじゃないですか」

萌花の所属するギルドの人数は十二人。ギルド同士の対戦の真っ最中、リーダーがそれだけのメンバーに細かく指示を出そうとすれば、文字入力では追いつかない。

「対戦が終わった後も、ちょっとおしゃべりするとか、そのまま討伐イベント行くとか。だから、リアルの会話はけっこう多いんです」

「なるほど。会話があったのなら、顔を合わせることへのハードルは下がりますね」

「そうなんです。そんなに感じ悪い人っていなかったし。もともとメンバー同士が仲良かったから」

フリーで仕事をしている萌花には、「同じ会社の人」がいない。直接、クライアントと会ってミーティングをすることもあるが、やりとりの大半がメールである。自宅での作業が続けば、誰かと会話する機会が皆無になってしまう。だから、一日一回、ギルドのメンバーと会話できる時間が約束されているのは、本当にうれしい。

「顔を合わせる前から、彼に対して好意を抱《いだ》いてらしたんですか？　それとも、実際に会ってみて好きになったという感じでしょうか？」

「会う前から、いい人だなとは思ってました。面倒見がよくて」

初心者に優しいギルドをうたっているだけあって、リーダーも他のメンバーも親切だった。とりわけ親切だったのが翔太だ。レベル上げのための戦闘にも、毎日のようにつきあってくれた。それでいて、恩着せがましいところが全くなかった。

「オフ会ですけど、待ち合わせはどうやって？　お互い、顔を知らないわけですよね？　何か目印になるものを身につけるとか？」

「いえ。通話アプリに付いてるチャット機能を使いました」

グループでメッセージのやりとりをする機能には、画像も添付できる。待ち合わせの場所に着いたら、その場で自撮りした画像を添付して『着きました』といったメッセージを参加メンバーに一斉送信する。受信した側は、その顔画像を元に相手を探せばいい。

その際、なるべく背景もいっしょに写り込むようにしておけば、どこに立っているのかも伝えられる。そのほうが探しやすいし、万が一、待ち合わせ場所を間違えていた場合、すぐに指摘できる。

「そのときの山城さんの画像、お差し支えなければ、見せていただけませんか」

「オフ会以外の画像ならありますけど」

「ということは、待ち合わせのときの画像は、もう消してしまわれた？」

「いえ、最初からないんです。彼、遅刻ぎりぎりで来たから、もう全員がその場にそろってたし」

それに、翔太は休日出勤で不参加のはずだった。土壇場で、同僚と交代してもらえることになり、急遽《きゅうきょ》、上京したらしい。

「二回目に会ったときの画像ならあります。私も入ってるんで、差し上げるわけにはいきませんけど」

待ち合わせの場所で撮影したものだった。顔を合わせるなり、記念撮影しようと言われて面食らったのを覚えている。

「わっ。イケメンじゃないですか！」

横合いからのぞき込むなり、楓が叫ぶ。が、雛子に一睨《ひとにら》みされて、あわてたように口を手のひらでふさいだ。

「山城さんの第一印象は、いかがでしたか？」

「篠原さんと似たようなものです。わっ、イケメンじゃないですかって思いましたよ、私も」

「他には？」

「意外と、おとなしい人なんだなって」

「おとなしいというと、口数が少なかった？」

萌花はうなずいた。通話のときの翔太は、饒舌《じょうぜつ》とまではいかないが、よくしゃべり、よく笑う。

「みんなに突っ込まれて、緊張してるんだって答えてましたけど」

それで、萌花のほうから積極的に話しかけた。ギルドに入ったばかりのころ、やはり緊張していた萌花を翔太は何かと気づかってくれた。だから、ちょっとした恩返しのつもりだったのだ。

オフ会がお開きになった後、帰る方向がたまたま同じだった。メンバーのほとんどが東京駅に向かい、一人が京浜東北線で埼玉方面、中央線に乗ったのは萌花と翔太だけだった。

翔太が四ツ谷駅で降りてしまうまでの短い間だったが、二人きりになったのが決定打となった。

『SNSとか、やってる？』

『うん。一応』

『友だち登録してもらっていいかな？　スカイプは通知切ってることが多くて、どうしてもチェック遅くなるから』

要するに、次も誘っていいか、という意味だった。緊張気味に話す様子に、好感を覚えた。

『わかった。いいよ』

萌花の返事がスタートの合図となった。……という経緯を説明すると、雛子は「次に会ったのはいつですか？」と言った。

「翌週の金曜です。出張で東京に行くから、晩ご飯を食べようって」

「早いですね」

「私もそう思いましたけど。交通費の自己負担ゼロで会えるチャンスなんて、そんなにないわけだし……」

ぎっくり腰で動けなくなった同僚の代理で、本社の会議に出席することになったのだという。俺も休日出勤を代わってもらってるから、お互い様だよ、と翔太は言った。

「先ほど、彼は会社員だとおっしゃいましたが、具体的にはどんなお仕事を？」

「建設関係だそうです。今は新潟で一人暮らしですけど、プロジェクトが終わったら東京に戻れるって言ってました」

「なるほど。東京の方なんですね」

実家は目黒だったか、中目黒だったか。翔太が四ッ谷で降りていったのは、地下鉄南北線に乗り換えるためだった。

「そうですか。では、二度目に会ったときにはもう、普通に話してたんですよね？口数が少ないということもなく」

「はい。普通でした」

会話が続かなかったらどうしよう、という不安は杞憂に終わった。翔太は思っていた以上に、話し上手だった。かといって、萌花が口を挟む余地がない、というほどでもなかった。

「じゃあ、話が弾んだわけですね」

「まあ……そうです。だと思います」

「だと思います、というのは？」

「楽しくなかったわけじゃないんですけど。ゲームの話はやめとこうって言われて、ちょっと引いたっていうか」

みんなといるときにできる話は、みんなといるときに。今は、二人でしかできない話がしたい。そう言われたのだ。萌花が「昨日の対戦、廃課金兵団に当たるとか、あり得なくない？」と、話を振った直後だった。

「萌花さんとしては、もっとゲームの話をしたかった？」

「いえ、そこまでは。私も、いろんな話をしたいし、いろんな話を聞きたいとは思うんです。でも、いきなり、やめようっていうのは、ちょっと」

「ですね。少し極端な気がしますね」

つきあっていることを他のメンバーにはまだ明かしたくない。それは萌花も賛成だった。仲間内にカップルが誕生したことで、不協和音が生じたという話は耳にしたことがある。

メンバーたちの前では、これまでどおりに接する。それも大賛成だ。だが、二人でいるときにゲームの話をしないというルールは、行き過ぎなのではないかと思った。

「そこまで四角四面に切り分けなくてもいいじゃないですか。それで、彼と続けるのは無理かもしれないなあって」

オフ会の席で、緊張しているという翔太に好感を持った。直後のサプライズ的な誘いはうれしかった。だから、めいっぱいおしゃれをして、待ち合わせの場所へと向かった。でも、帰るときには、今回限りだなと思った。

「初デートというのは、最初のハードルですからね。それを乗り越えられずに終わるカップルは、別にめずらしくありません。ただ……」

「ただ？」

「萌花さんは、その後も交際を続けたわけですよね？　最初のハードルを越え損ねたのに、別れなかった。そこが少しばかり気になります」

「気が変わったというか、もったいない気がしてきたというか」

帰宅後、ゲームにログインして、いつものメンバーと通話しながら、日課のミッションをこなした。翔太もいた。ほんの少し前に二人で会っていたことなど微塵《みじん》も感じさせない口調だった。萌花に対して馴れ馴れしくするでなく、かといって言葉少なになるわけでもなく。

「変わらなさ加減に感動したっていうか。この人、すごくデキる人なんじゃないかっていう気がしてきたんです。話してても、頭がいいのがわかったし」

その後も、話題がオフ会のことに偏りそうになるたびに、翔太はさりげなく他の話を振った。不参加だったメンバーが疎外感を覚えないように気遣っているのがよくわかった。こういう気配りができるなら、ギルド内恋愛に踏み切っても、メンバーたちと気まずくなることもなさそうだ。居心地のいい場所をキープしたまま、恋愛も楽しめる。いいことずくめに思えた。

初デートから二週間後、また会うことになった。今度は出張ではなく、従姉《いとこ》の結婚式に出席するための帰省だと言っていた。大安吉日が日曜だったから、土曜に会った。

「今度は、どこへ行かれたんですか?」

「映画を見に行きました。その後、食事をして。絵に描いたみたいなデートでした」

「楽しかったですか?」

「楽しくなかったわけじゃないんですけど」

「またドン引きするようなことを言われましたか?」

「そういうわけでも……」

映画はおもしろかったし、翔太の連れていってくれたエスニック料理店は文句なしの味だった。

「ドン引きするようなことは言われなかったけど、何か、引っかかったっていうか。イケメンだし、ちゃんと仕事してるし、悪い人には見えなかったんですけど……」

それに、自分自身が翔太に好意を持っていたのは確かだった。通話のときに、うっかり馴れ馴れしくしてしまいそうだったのは、むしろ萌花のほうだったのだ。

その後も、翔太が出張で東京に戻ってくるたびに、会った。好きだという気持ちと、それを押しとどめる「何か」との板挟みになりながら。

「一泊で旅行に行ったりもしたんです。東京と新潟の中間地点って、温泉とか、観光名所とか、いろいろあるし。順調に交際が進んでます的な感じだったんですけど」

「でも、どこか踏み込めなかった。ブレーキがかかってしまった。ですよね？」

説明する前に言い当てられて驚いた。目を丸くする萌花に「わかりますよ」と雛子は言った。

「このまま順調に交際が進んでしまったら、彼が萌花さんの部屋に行きたいという意思表示を出すようになる。自分のテリトリーに彼を入れたくないし、かといって、彼のテリトリーに踏み込むのも怖い。そういうことですよね？　近場への一泊旅行というのは」

萌花はうなずいた。自分でも、好きな相手をそこまで警戒する理由がわからなかった。……その時点では。

「結果的にはそれが正解だったんですね。引っ越しをしてしまおうとまで、思い詰めたわけですから」

そのとおりだった。翔太に自宅を知られる前に、引っ越してしまいたかった。そんなことを考えながら歩いていたら、不動産屋の看板が目に入った。気がついたときには、ドアを押していた……。

「実際には、引っ越しではなくて、私どもに連絡を取ることをお選びになったわけですが」

「引っ越しは現実的じゃないと思ったので。よく考えてみたら、お金かかるし、名刺も刷り直しだし、仕事先に引っ越し通知も出さなきゃだし。今の部屋の更新料だって、払ってからまだ三カ月も経ってないんです」

あのときは、そうした問題を全く考えていなかった。それだけ冷静さを欠いていたのだ。

『もう自力で探しちゃおっかな。萌花んち』

翔太の声が耳に蘇《よみがえ》り、鳥肌が立った。それ以上、考えたくない。萌花は一気に言葉を吐き出す。

「虫がいい話だってことは、わかってるんです。別れたい理由も曖昧だし、めんどうなことは他人任せにしたい、その上、トラブルにならないようにしたいとか」

「いいえ。虫がいいなんてことはありませんよ」

きっぱりと言い切られて、かえって戸惑った。

「自分でもよくわからないという感覚は間違いじゃありません。言葉にできない気持ちの悪さがあるから、そう感じてしまうんでしょう。だったら、助けを求めるのは当然です」

「そう……かもしれません」

　言わなきゃ、と思った。肝心なことを伏せたまま、彼女たちに依頼を出すのは無責任だ。わかっている。でも。それを言ってしまったら、「お引き受けできません」と断られてしまうかもしれない……。

「ご事情はよくわかりました。あとはお任せください」

　笑顔とともに承諾の返事をもらってしまうと、ますます言えなくなり、喉元まで出かかった言葉を萌花は飲み下してしまった。

「そうですね、今回の担当は篠原にしましょう。私よりも適任ですから」

　楓がぺこりと頭を下げた。テーブルに足をぶつけたり、上着を引っかけたりしていた様子が思い出されて、不安が頭をもたげてくる。すると、萌花の心中を読んだかのように、雛子が「大丈夫ですよ」と笑った。

「そそっかしくて、お調子者ですけど、篠原は不思議と強運なんですよ」

「雛子さん、それ、褒め言葉になってないです」

　楓が不満そうに口を挟んだ。

「別に、褒めてないもの。事実をありのままに言っただけ」

　容赦のない言葉だったが、かえって萌花は信用してもいいと思った。事実をありのままに言って、なおかつ「大丈夫」と断言できるだけの自信がある、ということだ。

「千崎さんの……ギルド、でしたっけ？　もう一人、メンバーを増やすことは可能ですか？」

「はい。上限は十五人なので。ああ、そうですよね」

東京にいる楓が新潟在住の翔太との接点を作るには、ギルドのメンバーになるしかない。幸い、スマホでお手軽に遊べるゲームアプリの常で、操作といえば画面をひたすらタップするだけだ。これから始めるとしても、すぐに覚えられるだろう。

「千崎さんの知り合いとして、お仲間に加えていただくことになりますので、少しばかりお手を煩わせることになりますが、ご容赦ください」

口裏合わせの類だな、と気づいた。それは仕方がない。ところが、その次の言葉に目を剝《む》いた。

「契約期間は一週間……いえ、念のために十日間にしておきましょう」

「えっ⁉」

「長すぎましたか？　念のためにと思ったのですが」

「いえ。そんなことは……」

むしろ、逆だ。たった十日間で？　本当に？

「オンラインゲームというのは、何かと動きが速いと聞いていますから、その日数で十分《じゅうぶん》でしょう。ほかにご質問は？」

頭の中をいくつもの「？」が飛び交っていたが、萌花は黙って首を横に振った。一週間だの十日間だのと、想定外の日数を出されて驚いたせいで、他の疑問など吹っ飛んでしまったのだ。

「では、篠原にゲームのレクチャーをお願いします。私はこれで失礼させていただきますので」

そう言って、雛子が席を立ち、萌花は楓と二人きりになってしまった。決してとっつきにくい相手ではないのだが、何となく気詰まりだった。雛子よりも親しみやすい容姿であるにも拘わらず。

「えーと、よろしくお願いします！　スマホ……スマホでしたね！　あっ！」

バッグからスマホを取り出そうとして、中身全部をぶちまけてしまうあたり、呆《あき》れるほどの不器用さだった。まるで彼女の周囲だけ、物理法則がおかしくなっているかのようだ。

「すみません！　私、どうもスマホって苦手で」

いやいや、バッグの中身をぶちまけたのは、単にあなたがそそっかしいからで、スマホ云々とは関係ないだろう、と心の中で突っ込みを入れる。

「でも、苦手なんて言ってられませんよね。大丈夫です、覚えますから」

同じ大丈夫という言葉が、口にする人によってこれほど差があるとは。しかし、今更それを言っても仕方がない。萌花は、ゲームアプリをインストールするやり方を教え……というよりも、楓に代わって萌花がインストールを行い、アカウントの作成を手伝ってやった。

「最初にプレイヤーキャラ、自分で操作するキャラを選ぶんですけど、これは後からでも変更できますから、適当に選んじゃっていいです」

「あー。わかりました。じゃあ、これ」

楓は一番上に表示されていた女性キャラクターを選び、決定ボタンを押した。適当に選んでいいと言ったのは萌花自身だが、ここまでいい加減に選ぶとは思わなかった。

「次は、プレイヤーネーム。わかってると思いますけど、本名を入れちゃダメですからね」

不特定多数が目にするプレイヤーネームと個人情報を紐《ひも》づけないというのは、常識以前のことだったが、念のために付け加えた。……あくまで、念のためだったのだが。

「カエデ……っと」

「えっ？　ちょっと待ってください。本名はダメですよ」

「でも、カタカナだし。ファーストネームだけだし」

「そうですけど、オンラインゲームなんですよ？　誰が見てるかわからないんだから、用心してもしすぎるってことはないんです」

実際、ギルドのメンバーも、本名が連想できるプレイヤーネームの者は皆無である。ギルドのリーダーは「リン」、サブリーダーは「ティーダ」で、それぞれ別のゲームに登場するキャラの名前を借りている。好きなゲームやマンガ、小説のキャラクター名を拝借するのは、比較的よくある。

他には、アカウントを登録する際にたまたま目に付いたモノの名前をそのままつける。萌花がそれで、カフェのテーブルに可愛《かわい》らしい塩の瓶が置かれていたから「ソルト」にした。ギルドメンバーの「テンペ」「ちゅーる」「爪切り」の三名が同じパターンだ。

翔太の「ラテ」もそのパターンかと思っていたら、実家で飼っている犬の名前だった。ペットの名前を拝借する派も一定数いる。

「わかりました。じゃあ、モミジにします」

カエデがダメならモミジ。これまた安易なネーミングだが、本名をそのまま使うよりはマシだ。

「あんまり自分から離れた名前にすると、呼ばれてもわかんなくなっちゃう気がして。通話のときにボロを出さないようにしないと」

脇が甘いと思っていたが、楓は楓なりの考えがあってのことだったらしい。言われてみたら、自分のほうこそスカイプでの通話を考えていなかった。

「萌花さんと翔太さんはお互いに本名を知っていても、他のメンバーもそうとは限らないんですよね？」

「ですね。オフ会でもプレイヤーネームで呼び合ってましたから」

「じゃあ、うっかり萌花さんなんて呼ばないようにしないと、迷惑がかかりますね。あ、でも、すらすらソルトさんって呼ぶのも変かな？」

「別に変じゃないと思いますけど……」

「だって、私と萌花さんはリアルでの知り合いってことになるんでしょう？」

そうだった。最近になって知り合いが同じゲームを始めたからギルドに入れてほしい、と頼むのだから。つまり、萌花と楓の間では、モミジだのソルトだのは「借り物みたいで変」と感じるのが自然なのだ。

「実は私、嘘つくのとか、お芝居するのとか、下手《へた》くそなんです」

こんな仕事をしてますけど、と楓が恥ずかしそうにうつむく。が、すぐにあわてたように顔を上げた。

「嘘が下手だからって、仕事がダメダメってわけじゃないですよ？　依頼はきっちりこなしますから！」

だから、と楓が拳を握りしめて言った。

「きっちりこなすためにも、嘘の部分を少なくしたいんです。私と萌花さん、仕事関係の知り合いっていうのは、もう嘘じゃありませんよね？」

「まあ……そうですね」

「萌花さんにこのゲームの話を聞いて、私もやってみたいって言い出して、一人じゃ不安だから、同じグループ……ええと、ギルド？　それに入れてほしいと頼んだのも、嘘じゃありませんよね？」

「グレーゾーンな感じはしますけど」

「でも、黒じゃない。あとは、私が本気でゲームにのめり込んで、本気で翔太さんと仲良くなればいいだけです。ね？　嘘もお芝居も必要ないでしょう？」

自信満々に話す楓の顔に、なぜか雛子の顔が重なって見えた。

【二日目】

『あー。あー。こんにちは。じゃなくて、こんばんは』

イヤフォンから楓の声が聞こえた瞬間、萌花は一気に心拍数が上昇するのを感じた。仕事関係の知り合いを加入させてほしい、と昨夜《ゆうべ》のうちにメンバーに話を通しておいたものの、それでもやっぱり緊張した。

『えーと……初めまして』

『あ、ソルトさんのお友だち？　モミジさん？　初めまして。リーダーのリンです』

萌花が返事をするより先に、反応してくれたのがありがたい。通話アプリを起動しているのは、リンと萌花の二人だけだった。集合時刻の五分前は、そんなものだ。萌花自身、楓のことがなければ「一分前ログイン組」だった。

ギルドに所属していないと参加できないイベントや対戦をこなすために、メンバーが集合するのが二十三時。この時間なのは、会社勤めをしているメンバーが多い関係だ。それより早いと帰宅途中の人がいるし、それより遅くなると、早朝勤務の人がつらい。

『モミジさん、こんばんは』

『あっ！　ソルト……さん、だよね。うわぁ、変な感じ』

本気でそう思っているのだろう、楓の言葉に不自然な響きはなかった。リアルの知り合いだとそうなるよね、とリンが笑う。

『ちーっす。ラテでーす』

翔太の声が聞こえて、鎮まりかけていた心臓がまたも跳ね上がる。

『こんばんは。初めまして。モミジです』

『ども。ラテです。よろしく』

『今日からよろしくお願いします』

楓が答えたところで、スマホの画面の片隅に「電車移動中。通話できません」という文面が通知された。他のメンバーからのものだ。ゲーム内でのメッセージはログインしていなくても通知されるように設定してある。

『今日は爪切りさん、通話できないんだね』

やはりメッセージを見たリンがつぶやく。『えっ？　何？　何？』という楓の声が聞こえた。楓には、ゲーム内のメッセージを通知させるやり方も、他のSNSアプリとの連動なども教えていなかった。どうせ、すぐにやめてしまうのだから、教えるまでもないと思ったのだ。不親切だったかもしれない。

『モミジさん、通知設定しとくといいよ』

『通知？　あ、メールとかの通知みたいな？』

『そうそう。待ち受け画面にバナーが並ぶのが鬱陶しかったら、ＳＮＳとの連動だけでも』

翔太が親切に説明を始めたのを聞いて、楓に対して冷淡だった自分を恥じた。

ただ、翔太もそれ以上は説明を続けられなかった。他のメンバーの声が次々に割り込んできたのだ。

『こんばんは』

『ちゅーるさん、新人さんいるから、名前……』

リンの声も別のメンバーの『こんばんは』にかき消され、そこにまた別の『こんばんは』が、かぶさった。さらに、続けて二人の声。集合時刻の五分前だというのに、この集まりの良さ。いつもよりも、全員の出足が早い。今日から楓が加わると知らせておいたからだ。やはり、新顔には誰もが興味津々になる。

結局、集合時間までにスカイプの通話に入ってきたのは、楓を入れて九人。通話はしないが、ゲームにログインしているのが四人。欠席者が一人もいないのも、「新顔効果」だろう。

『時間だね。日課、行きますか。モミジさん、今日はひたすらガードしてればいいからね』

　新入りの仕事は死なないこと、と誰かが言う。ただ、楓にはそれでもハードルが高いかもしれない。昨日、楓といっしょにプレイしてみて、あまりの下手さに驚いた。何しろ、画面を指先で叩《たた》くだけの動作なのに、楓はミスを連発したのだ。

『ガードだけ、ですか？』

『余裕があったら、メンバーに回復魔法かけてあげて』

『わかりました』

　昨日、楓が連発したミスがそれだ。回復魔法をうまく発動させることができなくて、あっという間にゲームオーバーとなってしまった。今日は楓の代わりに回復魔法をかけるのは自分の役目だな、と萌花は思った。そう思っていたのだが。

　いざゲームが始まってみると、楓は防御態勢をとりつつ、HPの少なくなったメンバーに、きちんと回復魔法をかけていた。楓のキャラクターをよくよく見てみると、表示されているレベルは「8」。昨日、カラオケボックスを出た時点では、「3」だった。あの後、それなりに経験値を稼いで、レベルアップに励んだ、ということだ。

　昨日、別れ際に「ご心配なく。明日までには、ちゃんとマシになってますから」と言っていたのは、その場しのぎの言い訳ではなかったらしい。

もうひとつ、驚いたことがある。通話を始めて、わずか数分だというのに、楓はメンバーの名前を覚え、声を聞き分けているようだった。最初に話したリンの声と、二番めの翔太の声までは、まあ、覚えられるだろう。だが、それ以後のメンバー五人は、ほんの数秒の間に次々にやってきて、ほぼ一斉にしゃべっていたのだ。

リンの仕切りで一人ずつ自己紹介したのだが、とても覚えきれないだろうと思った。直接顔を合わせるのと違って、声だけを記憶するのは難しい。誰が誰やらわからなくなるのが普通だ。なのに、この日、楓は一度も五人の名前を間違えなかった。

そそっかしくて、頼りない人だと思っていたが、実際、そそっかしくはあるのだが、頼りない人と決めつけるのは早計だったかもしれない……。

日課の対戦を終えて、少しだけ雑談をすると、ティーダが『そろそろ討伐イベント、回さない？』と言い出した。

「じゃあ、私とモミジさんは初心者向けに移動するね。彼女、そっちはまだハードル高いから」

『そだね。モミジさん、ごめんね。ソルトさん、あとはよろしく』

このあたりの会話は、事前に決めていたわけではない。ただ、これが自然だろうと思える言葉を口にしただけだ。

『じゃあ、俺もモミジさんにつきあうわ』

『えっ？　ラテさん、いいんですか？』

楓は驚いたようだったが、萌花も、他のメンバーたちも驚かなかった。むしろ、翔太がそれを言わずに、他のメンバーとともにいつものイベントへと流れたら、そのほうが驚く。

『いいよ。俺、初心者担当だから』

翔太が冗談めかして言う。つきあっている萌花の知り合いだから、楓に親切にしているわけではないのだ。誰の知り合いであろうと、翔太は同じことを言っただろう。

翔太のこういうところが好きだった。

『二人よりも、三人で回したほうが効率いいんだよ。その分、早くみんなに追いつくし』

『了解です、先生！』

ラテ先生がんばって、とリンが冷やかすと、『先生はやめてほしいなぁ』と言って、翔太大げさにため息をついた。本気でいやがっているわけではなさそうだから、当分、翔太の呼び名は「先生」だろうな、と思う。

つきあわなきゃよかった、カレシカノジョになんかならなければ、と苦い思いがこみ上げる。こうして、同じギルドのメンバー同士でいる分には、こんなにも楽しいのだから。

早く気づくべきだった。初めて二人きりで会った帰り道、今回限りと判断した自分に従っていればよかったのだ。あの時点で離れていれば、何の心配もいらなかったかもしれないのに。

ずるずると続けてしまった自分が悪い。まずいと思ったときにはもう、身動きがとれなくなっていた。

『萌花って、親と同居してるんだっけ？』

帰りの電車を待っている最中だった。いっこうに自宅を教えようとしない萌花に業を煮やしたのか、翔太がそんな話を振ってきたのは。

『ううん。一人。だけど、ほら、自宅が仕事場だから。人を呼べるような状態じゃなくて。友だちも呼んだことない。取扱注意の書類とかもあるし』

『えー。俺、そんなに信用ないんだ？』

翔太がそう言って、口をとがらせた。仕事を口実にはぐらかすのも限界かもしれない、と思ったときだった。

『もう自力で探しちゃおっかな、萌花んち。愛の力ってヤツ？　中野区っつっても広いけどさ』

冗談めかして言っていたが、萌花は笑えなかった。むしろ、ぞっとした。中野区に住んでいるなんて、いつ、言っただろう？　オフ会の帰りに中央線を利用したのは確かだが、降りる駅や乗り換えについては何も言わなかったはずだ。それとも、住所が特定できるような言葉を漏らしてしまったのだろうか？

そうなると、翔太の頭のよさがかえって怖くなった。ギルドのメンバーたちの前と、二人きりのときとの切り替えの完璧さには、何か裏があるように思えてきた。

平気で嘘をつける人がいる、と聞いたことがある。ネットの記事だっただろうか。とても頭がよくて、社交的でありながら、他人をだまし、傷つけることに躊躇《ちゅうちょ》しない犯罪者がいる、と。まさに、翔太はそのタイプではないのか？　実際に顔を合わせてみて、無理だと感じたのは、本能が危険を告げていたのではないか？

昨日、雛子と楓に言わなければと思いつつ、言えなかったのが、これだ。言えるはずがなかった。私の代わりに危ない目にあってください、なんて。でも、「横取り」を依頼するというのは、そういうことだ……。

言わなきゃ、とまた思った。明日、朝イチで、いや、これからログアウトした後にでも。けれども、やはり言えないのはわかっていた。

【三日目】

「雛子さん？　おはようございます」

眠い目をこすりながらスマホに向かって答えると、『何時だと思ってるの？』と呆れた声が返ってきた。ということは、朝とは言えない時間帯になってしまったわけだ。

昨夜、午前一時少し前まで、萌花と翔太は初心者向けのミッションにつきあってくれた。二人がログアウトしていった後、もう少しだけ経験値を稼いでおこうと思った。操作に慣れておもしろくなってきたこともあり、気がついたときにはカーテンの向こうが明るくなっていた。

『今回の仕事は、一日一回、必ず定期連絡を入れること。そう約束したはずだけど？』

「すみません」

『時間厳守。これも約束したでしょう？』

淡々とした口調が怖い。脳味噌を覆い尽くしていたはずの眠気がきれいさっぱり消え去った。

『定期連絡は何時だった？』

「午前九時です……」

目覚まし時計をセットしていたはずなのに、全く起きられなかった。無意識のうちに止めてしまったらしい。

『そう。忘れたわけじゃなかったのね』

すみません以外の台詞《せりふ》が浮かばない。

『まあいいわ。本題に移りましょう。ターゲットとの接触は？』

「できました！　問題ないです！」

『そこで問題があったんじゃ、困るけれど。それで、どう思った？』

「えーと、いい人でした。萌花さんが言ってたとおり、親切で」

『トラブルを起こしそうな気配は？』

「なかったです」

口調は穏やかで、優しそうな人だった。……声を聞いた限りでは。

「でも、そこが引っかかったっていうか。外ヅラのいいタイプって、身内にはチョーめんどくさいヤツなんですよね。って、私のことですけど」

周囲に好印象を与えたいという気持ちが過ぎると、それはストレスになる。ストレスがたまれば、どこかで発散せずにいられない。その捌《は》け口は、手っ取り早く身内へと向かうものだ。

「萌花さんが被害者意識が強くて、思い込みの激しいタイプなら、話は別ですよ？」

『でも、彼女はそういうタイプではない』

「となると、やっぱり彼がチョーめんどくさいヤツなんだろうなあって」

そうね、と雛子は答えて、しばし沈黙した。が、すぐに思い出したように『昨夜は何時ごろまでゲームをしていたの？』と訊いてきた。

「ちょっと待ってください。メモってあるんで」

自分の記憶力を過信するな、必ずメモを取れ、と見習いのころから、くどいほど言われ続けていた。

「えーと、萌花さんと翔太さんの三人で初心者向けのミッションやってたんですけど、零時四十七分にお開きにしてます」

『彼は会社員だものね。その時間が限度なのかもね』

「萌花さんも、午前中に打ち合わせがあるって言ってましたよ」

『他のメンバーも、やっぱり会社員が多いの？』

楓は急いでノートのページをめくった。ギルドメンバーについての情報も書き留めておいたのだ。

「女性メンバーがリーダーのリンさんとサブリーダーのティーダさん。この二人が東京の人で、会社員。ちゅーるさんは同じく女性、たぶん、北陸の人だと思います。ポチさんは学生さんで、広島っぽかったです。男性がテンぺさん、ミカヅキさん。二人とも、関西アクセントでした。テンぺさんが大阪。ミカヅキさんは和歌山か三重かも。会社員なのか、学生なのかは不明。でも、年齢的にはそこそこ行ってるんじゃないかなあ、声が老け気味だったから。爪切りさん、トリプルKさん、かばんちゃんさん、焼きサバさんは通話にいなかったんで、わかりません」

子供のころから、耳だけはいい。楽器の音なら周波数単位で聞き分け可能だ。だったら一芸に秀《ひい》でなさいと雛子に言われて、楽器以外の音も聞き分けられるよう、努力した。動画サイトに上がっている、ありとあらゆる「声」を聞き続けたのだ。

当初の予定では、数分話せば、相手の出身地をぴたりと的中させるスキルを習得するはずだった。しかし、実際の結果はといえば、京都弁と河内弁と伊勢弁の違いがわかるようになった程度である。相手がどのあたりの方言を話しているかはわかっても、ネイティブなのか、周囲の言葉がうつったのかまでは判別できない。

しかも、相手の方言がわかっても、それが役に立つかどうかもまた微妙なところだ。

それよりも、相手が何を考えているのかを読みとるほうが、何倍も役に立つ。雛子はそれを得意としているが、楓はといえば、「お話にならない」レベルだった。

『そう。それで?』

「えーと、ざっくり言うと、みんな、いい人でした。これも、萌花さんの言葉どおり。居心地のいいギルドです」

この程度の報告しかできない。正社員からカッコ仮が取れないのも、無理からぬ話だった。

「すみません。今日は、もっとちゃんと観察しますんで」

『力みすぎないようにね。かえってカンが鈍るから』

直感は過《あやま》たない、誤るのは判断……というのが、雛子の教えだった。でも、凡人の私にはそれがむずかしいんだよね、と楓は思った。

二時間遅れの定期連絡を終えると、また眠気が戻ってきた。もう一度、ベッドに倒れ込んでしまいたい衝動に駆られたが、どうにか理性でそれを阻止した。

いや、違う。理性ではなかった。再びスマホへと手が伸び、ゲームのアイコンに指先が触れる。

「ヤバいかも、これ」

　自分が物事にのめり込みやすいのは知っている。

「仕事終わっても、ゲームやめらんなかったら、どうしよう……」

　ミイラ取りがミイラになる、という言葉が脳裏《のうり》をよぎった。ほどほどにしといたほうがいいんだろうな、と思いつつも、やめられない。レベルが二桁台に乗り、ワンランク上の武器が手に入ったあたりから、猛烈におもしろくなってきたのだ。

　窓を開けて空気の入れ換えはしたが、顔は洗わず、着替えもせず、食パンを何も塗らずにかじり、牛乳をパックから直《じか》に飲んだ。その間もずっと、スマホを手にしたままだった。

　決まった時間に出社する会社員でなくてよかった、と思った。オフィスCATにも事務所はあるが、定時はない。

　そんなことを考えていたときだった。ゲーム画面の下部に『こんにちは』という文字が流れた。見覚えのあるアイコンの下に、小さく『ラテ』というプレイヤーネーム。

　そういえば、ギルドに所属していると、メンバーのログインリストが表示されるようになる。今、誰がログイン中か、最終ログインが何分前か、メンバー同士でわかる仕様になっているのだ。翔太はそれを見て、楓がログイン中であることを知り、メッセージを送ってきたのだろう。

大急ぎで『こんにちは』とメッセージ欄に入力した。間髪を容れずに『モミジさんも早めの昼休み？』という文章が返ってくる。ベッドの下に放り出してある目覚まし時計をのぞき込むと、十一時四十分だった。『そうです』とレスポンスを返す。『そんなところです』とぼかした言い方にしたかったのだが、それだけの文字数を入力するのが面倒になったのだ。

対戦中に文字を打つの、めんどくさいじゃないですか、という萌花の言葉が耳によみがえる。確かに、そのとおりだ。

『ラテさん、今、通話ってできますか？』

いいよ、という三文字が表示されると、心が躍った。誰かと話しながらゲームをするのが、こんなに楽しいなんて知らなかった。

『ちーっす。ラテです』

「すみません。昼休みなのに」

『いいよ。お互い様。てか、モミジさん、めっちゃレベル上がってない？』

「へっへっへ。がんばっちゃいました」

『初心者あるあるだね』

「そうなんだ……。あ、それよりも。先生！　質問があります！」

『どうぞ』

「ストーリーモードの四章まで行ったんですけど、第二節で詰まっちゃって。ぜんっぜん、倒せないんです」

『あ、それ、三章のラスボスでアイテム取ってないと倒せないよ。アイテム使っても強いけど。攻略まとめサイト、見た？』

「えっ？　そんなのあるんですか？　ちょっと待って。ノーパソ起動するから」

『会社のパソでネットつないで大丈夫？』

「自宅のなんで、問題ないです」

まだ自宅なんだ、と言われて、はっとした。口がすべった。

「あの……フレックスタイムなんで」

嘘ではない。オフィスＣＡＴの業務は定時に始まって定時に終わる性質のものではないから、本当のことだ。

『そうなんだ。ＩＴ業界はいいなあ』

「あ、うちの会社、ＩＴじゃないです」

楓にプログラミングのスキルはない。ボロを出す前に、予防線を張っておくことにした。

『ソルトさんの仕事仲間っていうから、てっきりＩＴの人だと思ってた』

「仲間っていうか、取引先っていうか……。うちは、コンサルティングやってる会社なんで。主に個人向けの」

これも、ぎりぎり嘘ではない。

『そっか。それで、ウェブデザインをソルトさんに依頼したんだ』

そういう事実は全くないが、敢《あ》えて否定しなかった。もちろん、肯定もしない。代わりに楓は「攻略サイト、ありました！」と叫んで、強引に話題を戻した。

『三章のボスんとこ、開いてみて。アイテムドロップの条件が書いてあるから』

「ええっと……なになに？　水属性の装備？　三ターン以内？」

『モミジさん、昨日と装備同じにしてたんじゃない？』

「してました」

『三章のラスボスは水で殴らないと、アイテム落とさないから』

楓は言われるままに武器と防具の編成を変更した。武器や防具は強さの数値が高いものを選べばいいと思っていたが、そういうわけではないのだという。ややこしいと思ったが、一度覚えてしまえば、そのややこしさも楽しく思えてくるのだろう。

装備を調えると、楓は三章のボス戦に再挑戦した。翔太も「乱入」して、苦戦する楓を助けてくれた。

アイテムを手に入れた後は、いよいよ四章第二節である。「アイテム使っても強い」という翔太の言葉どおり、何度か全滅した後、ようやく敵の殲滅《せんめつ》に成功した。

「やったー！　クリア！」

思わず叫んでしまった。下手に「会社にいる」と嘘をつかなくてよかったと思った。

『ところで、時間、大丈夫？　もう一時過ぎてるよ？』

言われて驚いた。まだ十五分くらいしか経っていないような気がしていたのだ。

「会社、行きます。お仕事中につきあってもらっちゃって、すみませんでした」

『また夜にね』

通話を切り、ゲームからログアウトして、スマホを充電スタンドに置く。また手が伸びそうになるのを、ぐっとこらえる。

続きをやりたい。こんなことなら、フレックスタイムなんて言うんじゃなかった、今日は有休ってことにしていれば、いやいや、それだと明日以降が困る。明日も明後日《あさって》も有給休暇なんて、あり得ない。

だいたい、たとえ仲間内であっても、いや、仲間内だからこそ、ログイン中かどうかがバレる仕様というのが悪い。誰にも知られず、こっそりゲームをやりたい人間はどうすればいいのか。

じっとスマホを見つめているのが苦痛になって、楓はその場でスクワットを始めた。足が攣《つ》りそうになって、あわてて中断し、ストレッチに変更した。ただ、いくら時間をかけても三十分が限度で、仕方なく掃除機をかけ、すっかり遅くなったが洗濯機も回した。それでも間がもたずに時計を見ると、三時少し前になっている。

「三時の休憩ってことで、いいよね？　ちょっとだけだもん」

自分で自分に言い訳をして、スマホを手に取る。ギルドのメンバーが二人、ログインしていた。やはり休憩時間なのだろうか。ただ、彼らからメッセージが送られてくることはなかった。

翔太以外のメンバーとは、それほど言葉を交わしていない。気軽にメッセージを送るには、ハードルが高いのだろう。楓もそうだったから、ほっとした。

ちょっとだけの休憩時間のはずが、ぶっ通しで二時間プレイし続けてしまった。あわてて買い物に出かけて食料を買い込み、帰宅するなり、またスマホに手を伸ばした。今までにない速度でバッテリーが減っていき、とうとう充電用のケーブルにつないだまま、ゲームを続けた。

「ヤバい。絶対、ヤバい。雛子《やや》さんに叱《しか》られる」

声に出して言ってみても、止められない。さっきは三千円ほど課金もした。社会問題にもなった「ガチャ」に手を出したのだ。くじ引きの要領で、ゲーム内で使う武器やアイテムを引き当てていくのだが、これが恐ろしく金食い虫だった。

何しろ、画面に表示されたボタンに手を触れるだけで、三千円分のコインが消費されてしまう。確かに、強い武器や便利なアイテムが手に入ったものの、よくよく考えてみれば、それらはただの「データ」に過ぎない。

「データってことは、実体がないんだよ？　絵に描いたモチだよ？　そんなものに三千円？　ないない。あり得ない」

と、わざわざ声に出して言ってみたのに、何の歯止めにもならなかった。ガチャで手に入れた武器は驚くほど強かった。それを装備して、ボスキャラを一撃で倒した瞬間、頭の中で何かが音を立てて弾《はじ》け飛んだ気がした。

「もう一回だけ、引いてみようかな」

人がギャンブルにハマるのは大勝ちしたときである、という言葉を思い出した……。

［四日目］

山手線の車窓から、新幹線が見えた。快晴だからか、白い車体がまぶしい。

二度目の旅行を思い出す。ちょっと足を延ばそうかと言われて、山形まで出かけた。レンタカーを借りようかという提案は、「鉄道に乗りたいから」と却下した。萌花って鉄子だったんだ、と冷やかされたが否定しなかった。

本当は、レンタカーという密室で二人きりになりたくなかった。公共交通機関であれば、人の目がある。目的地も決まっている。どこへ連れていかれるかわからない車とは違う。この時点で、予感はあった。それも、かなり不吉な。

例の「自力で探しちゃおっかな」を聞いたのは、その帰り道だった。漠とした不安は、確たる恐怖へと変貌した……。

真っ先に考えたのは、翔太がどうやって萌花が中野区に住んでいると知ったのか、ということだ。

単に鎌を掛けられた可能性も十分にあるが、ギルドの仲間たちとのおしゃべりで、うっかり住所が特定できるようなことを口走ってしまったのかもしれないと思った。

少なくとも、「道路を挟んで向かいにコンビニ」は、萌花の失言だ。

あれは、オフ会の計画が持ち上がったときだから、半年近く前になる。コラボカフェの情報が流れてきたとき、そこでオフ会をしようと誰かが言い出した。

コラボカフェは、事前にチケットを予約購入しなければならない。チケットの種類は、四人席と二人席。ただし、二人席は一人での利用も可能だし、四人席も四人以下なら三人でも二人でも構わない。そして、一人で一度に予約できるのは、どちらかひとつだけ。

参加希望者を募ってみると、七人だった。それで、四人席用チケットをリーダーのリンと萌花がそれぞれ手配することにした。サブリーダーのティーダが「チケットの引き取りができるコンビニが近所にない」と困っていたから、萌花が購入役を買って出た。

そのとき、つい「大丈夫だよ。青い看板、目の前だから。徒歩一分だもん」と言ってしまったのだ。あの場には、翔太もいた。

失言がこれひとつとは思えない。それほど、萌花は仲間たちに気を許していた。まさか、そのうちの一人が危険人物だとは、思いもしなかった。

幸いなことに、まだ、何も起きていない。今のところ、具体的に身の危険を感じたことはなかった。だが、先のことはわからない。翔太がDV男に化けるのか、ストーカーとなるのか。もっとたちの悪い「何か」になってしまうのか……。

だからこそ、怖い。対処を間違えたら暴発しそうな気がする。ネットで目にする「カレシが暴力をふるうようになったきっかけ」は、どれもささいなものばかりだ。気づかずに踏んでしまいそうな場所にこそ地雷が埋まっている。

そのせいで、面と向かって別れを切り出すという、ごく単純な手続きに踏み切れなかった。真っ先に考えたのは、引っ越しだった。今の部屋と全く共通点のない物件なら、探し当てられる心配はないのではと考えた。

楓さんと雛子さんに打ち明けなければと、もう何度目になるかわからないが、そう思った。黙っていれば、楓が危険にさらされる。でも……。

次は新橋、というアナウンスで我に返った。あと二駅。乗り越さないようにしなければと思いつつ、スマホを取り出す。ゲームにログインし、ギルドメンバーのログインリストを表示させる。

予想どおり、楓はログイン中だった。「モミジ」というプレイヤーネームと、その横に表示されているレベルを示す数字。

楓のレベルはすでに「32」と表示されている。他人事《ひとごと》ながら、心配になってきた。楓のレベル上昇速度は尋常ではない。自分自身を振り返ってみても、そのレベルに至ったのは、ゲーム登録から二、三週間は経っていたような気がする。楓はまだ四日目なのだ。

家庭用ゲーム機のソフトと違って、スマホアプリは単純にできているし、課金という手段によってプレイ時間を大幅に短縮できる。おそらく、楓は相当な金額をつぎ込んでいるに違いなかった。

『あとは、私が本気でゲームにのめり込んで、本気で翔太さんと仲良くなればいいだけです』

言葉どおり、楓はゲームに熱中している。もしかしたら、翔太のことも本気で好きになるつもりかもしれない。いつの間にか、翔太の呼び名が「先生」から「師匠」に変わっていた。口調もだいぶ、くだけたものになっている。

まずい。やっぱり言わなきゃ、と思い、楓にメッセージを送ろうとしたときだった。ログインリストの「ラテ」の横に「ログイン中」の文字が点灯した。

反射的にログアウトしてしまった。翔太への恐怖が、良心の呵責《かしゃく》を抑え込んだ。

気がつくと、目的の駅だった。萌花はスマホをバッグに放り込み、電車を降りた。

［五日目］
枕元のスマホが振動する音で目が覚めた。手だけを伸ばしてスマホをつかむ。画面

にSNSのメッセージを通知するバナーが出ているのが目に入った。

仕事相手からでなければ、スルーして寝直そうと思った。明け方まで作業をして、日の出とともにベッドにもぐり込んだから、眠くてたまらない。

だが、バナーには見慣れた、けれども見たくないアイコンが表示されている。翔太のものだ。一部だけ表示されたテキストは『夜、メシ食わね？』とある。眠気が吹っ飛んだ。

恐る恐るバナーに指先を走らせ、メッセージを表示させる。本社で急なプレゼンがあるから上京する、夜は空いているから会いたい、という内容だった。

通話で楓と親しげに話している様子から、次の上京では自分ではなく楓を誘うのではないかと思っていたが、二人の距離はそこまで詰まっていないらしい。……まだ間に合う、ということだ。

楓を危険な目に遭わせたくないと思った。知り合って数日しか経っていないが、楓の人柄はよくわかった。裏表のない、誠実な人だ。その彼女をだまし続けるのはもう限界だった。

楓のアカウントを表示させ、無料通話を選択する。時刻は九時十五分。明け方までゲームに興じていた楓はまだ寝ているかもしれないと、呼び出し音が鳴る段になって気づく。それでも、通話を切ろうとは思わなかった。少しでも早いほうがいい。

『萌花さん、おはようございます』

楓の声に眠そうな響きはない。

『どうなさいました？』

何をどう説明しようかと考えたのは、つかの間だった。

「ごめんなさい！」

気がついたら、謝罪の言葉を口にしていた。

『え？　なんで謝るんですか？』

「だって、私、楓さんを身代わりにしようとしたんです！」

翔太がDVやストーカー行為に走りかねないこと、それが怖くて、彼を刺激せずに別れたいと考えたこと、オフィスCATのサイトを見て、渡りに船だと考えたこと。

それら一部始終を吐き出した。

「危ないことは全部、楓さんに押しつけて、自分一人が逃げだそうとして……ごめんなさい！」

冗談じゃない、話が違う、と罵《ののし》られるのを覚悟した。悪いのは私なんだから、と腹を決めた。ところが。

『なあんだ。そんなことですか』

楓が声をたてて笑った。

『全然、謝るようなことじゃないです。ていうか、身代わり、大いに結構。ウェルカムです』

「え？」

『そんなの、最初から、わかってましたよ。なんかヤバそうだから、逃げたいんだろうなって。でなきゃ、十万円も払う人なんていません』

危険なのは織り込み済みなんですよ、と続ける口調が優しい。

『それが私の仕事ですから』

椅子に足をぶつけたり、バッグの中身をぶちまけたりと、そそっかしくて頼りない人だと思っていた。なのに、その楓がこの上なく頼もしく見えた。

『何かあったんですか？　あったんですよね？』

「彼から、今日、会えないかってメッセ来て……」

『今日？　東京で？　新潟まで来いって話じゃないですよね？』

「本社に用事ができたみたいで。それで、晩ご飯をいっしょに食べようって。楓さんには、何も言ってないんですよね？」

さっきまでとは別人のように小さな声で、楓が『ないです』と答える。

『いい感じになれたと思ってたのになぁ。私、そんなに魅力ないですかね……』

しょげ返っている様子が目に浮かぶ。

「いい感じになってたんですか？」

『一応。っていうか、もう一押しだと思ってたんです、私は。ワンコの話で、すっごい盛り上がったし』

「わんこ？」

『ほら、元祖ラテちゃん』

翔太の実家にいるという飼い犬だ。そういえば、翔太と犬の話をしたことはほとんどなかった。知っているのは、プレイヤーネームに借用した、ということだけだ。

『エアデールテリア、私、大好きなんですよ』

もちろん、犬種も知らなかった。ラテだから白か薄茶色の犬だろうな、とは思っていたが。

『そしたら、画像と動画、送ってくれたんですよね。チョーかわいいやつ』

「ちゃんと仲良くなってたんだ……」

『そのつもりだったんですけど。雛子さんからも、そろそろ直接会ってみなさいって言われたのに』

萌花が知らなかっただけで、「強奪計画」は着々と進んでいたらしい。

『それも、ついさっきですよ。数分前。よっしゃ、会う段取りつけるぞって思ってたのに。なんで、萌花さんにだけ連絡するかなぁ？　せめて二股かけてくれてもいいじゃないですか』

せめて二股と言われて、吹き出しそうになった。不思議と強運、という雛子の言葉が思い出された。大丈夫ですよ、という優しい声とともに。ああそうか、大丈夫なんだ、と安心できた。と、そこで楓が突拍子もないことを言い出した。

『そうだ！　私、いっしょに行っちゃいけませんか？』

「えっ？」

『だって、私は翔太さんを好きになってるわけですよね？　で、萌花さんから翔太さんが東京に出てくるって聞いたら、会ってみたくなるのが自然ですよね？　それ以上に、二人きりで会わせたくないって思うものじゃないですか？』

「それはまあ、そうかもしれませんけど」

『でしょう？　だったら、決まりです』

萌花としても、翔太と二人きりで会うのは気が重い。楓が同行してくれるなら、願ったりかなったりだ。

「わかりました。待ち合わせの時間とか場所とか、後で連絡します」

『絶対、挽回しますから』

小さく息を吸い込む音が聞こえた。一拍おいて、楓は『一発逆転、狙います』と厳《おごそ》かな口調で告げた。


翔太との約束は、ＪＲ飯田橋駅西口に十九時ちょうど。楓とは、その少し前に大江戸線飯田橋駅で合流した。

「私と萌花さんは、今日は午後四時から七時近くまで、仕事の打ち合わせでした。うちの会社はこの近くってことにしましょう」

「そんなに細かく決めて大丈夫？　覚えられます？」

「これくらいなら、問題ないです。それに、今、打ち合わせしてるじゃないですか。七時近くまで。これなら、わざわざ覚える必要ないでしょう？」

それに、楓にとっては確かに「仕事の打ち合わせ」だ。「午後四時から」と「会社」以外に嘘はない。

「萌花さんが大急ぎで帰り支度をしてるから、私は不思議に思って、何か用でもあるのかって尋ねます」

「それで、私がうっかり口をすべらせるんですね？」

ピンポーン、と楓が人差し指をたてる。その様子があまりにもうれしそうで、「私はその手のミスはしません」などという意地の悪いコメントは差し控えた。

「翔太さんと萌花さんを二人きりで会わせたくない私は、強引にくっついていくことに決めました。というわけで、行きましょう」

地下通路も、地上へ向かう階段も、人があふれかえって歩きにくい。不器用な楓はさぞ難儀しているだろうと振り返ると、案の定、太った中年男にぶつかって跳ね返され、ショルダーバッグを手すりに引っかけては悲鳴を上げていた。

通勤に慣れていないと、この時間帯の人混みは歩きにくい。萌花自身がそうだから、よくわかる。萌花はしばし足を止め、楓が追いつくのを待った。

不意に、強運って何もしなくても運がいいっていう意味じゃないんだ、と思った。強い力で正面からぶつかっていくから、同じように強い何かが返ってくる。それが強運ということなのではないか。

「ごめんなさい！　私、ほんっとにグズでトロくさくて」

萌花は「そんなことないです」と答えた。自分よりも明らかに年上なのに、楓が可愛らしく見えた。それでいて、安心感がある。頼れる。いい人だな、と思う。この人に嘘をつかなくてよかった。

「この時間帯はしょうがないですよ。私も人混みは苦手です」

それでも、中央線と総武線の線路を見下ろす橋まで来ると、歩道の幅が広くなるからか、いくらか歩きやすくなった。橋を渡り、下り坂にさしかかると、もう待ち合わせの場所は目の前である。歩調を速めようとしたところで、不意に楓に腕を摑《つか》まれた。

「待って。ぎりぎりまで、彼に気づかれないようにしてください。人の陰に入りながら、ゆっくり進んで」

不思議に思って首を傾《かし》げると、「びっくりさせたいんです」と楓は答えた。答えてもらったのだが、意図するところがわからない。

「できれば、ワッと大声出すとかして、驚かせてもらえると助かります」

「いや、それは、ちょっと……」

「ダメですか？」

これだけ人がいるのに、そんな子供じみた真似《まね》をするのは恥ずかしい。

「じゃあ、後ろから肩を叩くだけでいいです」

「まあ、それくらいなら」

大柄な男性の陰に隠れるようにして、翔太の背後に回り込む。手のひらで、背中を強めに叩く。肩をびくりと撥《は》ね上げた後、翔太が振り返った。

「ああ、びっくりした。萌花かぁ」

大袈裟《おおげさ》に息を吐いたところで、萌花が一人ではないことに気づいたのだろう、翔太の顔に戸惑いの色が浮かんだ。

「モミジさんだよ。さっきまで、打ち合わせしてたの。翔太がこっち来てるって言ったら、会いたいって」

「え？　ああ……どうも」

翔太が曰《いわ》く言いがたい表情を顔に貼りつけたまま、楓に向かって軽く頭を下げる。楓がこの場に居合わせたことが、そんなに意外だったのか、いつになく無愛想に見える。まるで、見知らぬ相手を前に戸惑っているかのように。だが、戸惑っている様子なのは翔太一人ではなかった。

「モミジさん？　何か？」

楓の顔には、翔太と全く同じ表情が浮かんでいた。小さく首を傾げた後、楓が意を決したように一歩前へと踏み出す。

「あなた、誰ですか？」

今度は、萌花が戸惑う番だった。

【六日目】

「こんにちは。モミジです」

楓がラテと二人だけで通話をしたのは、午前十一時を少し回ったころだった。普通の会社員なら、まだ昼休み前だ。

「師匠。今、お話ししても大丈夫ですか？」

念のために尋ねたものの、彼が勤務時間中ではないことを楓は知っている。

『うん。大丈夫……です』

ですよね、と心の中でつぶやく。ゲームにハマって、昼となく夜となくログインしてみて気づいた。ギルドメンバーのログインリストに、結構な割合で「ラテ」が現れることに。萌花の言っていた「建設関係の会社に勤めている」なら、あり得ない頻度だった。

冗談めかして『こんな時間にサボってちゃダメじゃないですか（笑）』とメッセージを送ってみると、『外回りの休憩中（自主）』と答えが返ってきた。

五分だけでいいからと通話に誘ってみて、確信を持った。決して音質がいいとは言えない無料通話アプリだが、屋外なのか車内なのか室内なのか、その程度ならわかる。声の反響、風の音、人の気配、物と物とが触れ合う音。それらを捉《とら》えるのは、楓の耳には造作もない。

決定的だったのは、かすかに聞こえた犬の吠《ほ》える声だ。ただ、それに気づいたのは楓だけで、相手は全く気にしていない様子だった。つまり、犬が日常的にいる生活をしている。だとすれば、彼がいるのは「犬を飼っている実家」であって、新潟のマンションではない。

会社員というのは嘘で、本当はニートだということは、早い時点で気づいていた。楓自身、音大を中退した後、似たような生活をしていた。必要以上に愛想良くしたり、やたらと気を使ったりには覚えがあった。どれも、家族以外の他人と話す必要が生じた際に、楓自身が取った行動だ。だから、すぐにピンと来た。道理で、妙に親近感が湧いたはずだと、一人納得した……。

「師匠は、全部、知ってたんですか?」

『いや……。部分的に、かな』

いつもの通話と比べて、元気がなかった。この声と、昨夜、飯田橋駅西口で会った「山城翔太」の声とが別人のものだと気づいたときには驚いた。思わず、「誰ですか？」と問いつめた。

『モミジさんだよ。さっきまで、打ち合わせしてたの。翔太がこっち来てるって言ったら、会いたいって』

『え？　ああ……どうも』

萌花に引き合わされたときに浮かんだ、奇妙な表情。彼がラテではないのなら、当然の反応だと気づいた。彼は、最近になってギルドに加わった新メンバーの存在を知らないのだ。

身を翻《ひるがえ》して逃げようとする翔太に、足払いをかけた。楓が唯一、体得している護身術だ。来る日も来る日もそれだけを練習してきた割に、成功率は七割程度。それでも、三割の失敗に入らずにすんだのは幸いだった。

行き交う人々が一斉に振り返って決まりが悪かったが、楓は真相究明を優先した。萌花と二人で、彼の両脇を固めるようにしてその場を離れ、適度に人が少ない場所へと移動した。全く人目がなくなるのは、それはそれで危険と判断したのだ。

山城翔太は、ラテの兄だった。もっとも、あれだけ声の質が似ているのだから、赤の他人であるはずがない。

「彼、弟に頼まれて、代わりにオフ会に出たって言ってましたけど、本当ですか？」

『違う違う！　俺、全然知らなくて。いきなり、アキバのオフ会行ってきたよって言われたときには、死ぬほどびっくりした』

「やっぱり、事後承諾だったんだ……」

問い詰めている間、翔太の目は落ち着きなく泳いでいた。その場しのぎの嘘だな、と思っていたが、案の定、だ。

『こんなことなら、オフ会のこと、しゃべるんじゃなかった』

山城翔太が新潟で一人暮らしをしていることも、建設関係の会社に勤務していて、たびたび東京本社に出張で戻ってきていることも事実だった。弟の「ラテ」は、それを自分のこととしてしゃべり、いわゆるヒキコモリのニートであることを隠していた。

一方で、兄の翔太のほうは弟のプレイヤーネームを使ってオフ会に参加した。つまり、二人はお互いのプロフィールを交換して「悪用」したわけだ。

オフ会の前日、翔太は東京出張で実家に泊まっていた。そのとき、彼は弟から最近ハマっているゲームの話や、女性メンバーが半数以上を占めるギルドの話、そのメンバーで集まる計画が持ち上がっている話などを聞いた。その場でゲームをスマホにインストールし、いっしょにやってみたりもしたらしい。

ということは、兄弟仲は悪くないのだろう。犬猿の仲だったとしたら、そもそも弟になりすますこと自体、嫌悪感を覚えただろうから。

それに、緊張を理由に口数を減らしていたとしても、翔太が弟の口癖や口調を把握していなければ、メンバーたちは違和感を覚えたはずだ。毎晩、スカイプで通話している仲間の目を、いや、耳をごまかすのはたやすいことではない。

「もしかして、席が一人分、余っていることとか、お兄さんにしゃべりました？」

コラボカフェの予約チケットは、四人席用が二枚。それに対して、参加表明したのは七人。もしも、最初から八人が参加表明していたら、翔太の飛び入り参加は不可能だった。

『え？　あ……しゃべった。たぶん。誰か一人、行けばいいのにって。席がもったいないとか、言った気がする。まさか、兄貴が勝手にオフ会行くなんて、思わなかったからさ』

しかし、その情報が翔太をその気にさせた。七人の参加者は誰もが「もったいない」と思っているだろう。その席が埋まるとなれば、彼らは歓迎してくれるはずだ。もしもバレても、謝れば許してもらえるに違いない……。

バレるどころか、なりすましはうまくいきすぎて、翔太は種明かしの機会を逸した。もっとも、彼らは「弟の知り合い」であって、おそらく二度と会うことはない。だから、何も問題はないはずだと踏んだ。

誤算だったのは、その場に萌花がいたことだ。萌花は、ラテに対して好意を抱《いだ》いていた。正体がバレるのを恐れ、聞き役に徹している翔太に対して、積極的に話しかけた。

翔太も、そんな萌花に対して好意を抱いた。帰りの車中で、つい、SNSの友だち登録を持ちかけてしまった。通話アプリのアカウントは弟のものだから、他の通信手段を確保しないと、萌花と連絡が取れなくなる。SNSのほうが連絡がつきやすいから、という嘘を萌花は疑うこともなく、友だち登録に応じた。

二人きりでいるときにはゲームの話は止めておこうと言ったのは、なりすましに気づかれないようにするためだった。大人数のオフ会の席ではごまかせても、一対一ではボロが出かねない。

自宅を教えてもらえないという不満はあったが、萌花との交際は続いた。東京出張のたびに会っているし、二人で近場に旅行もしている。翔太は、萌花が内心では別れを考えていることには全く気づかず、遠距離恋愛としてはまずまずなのではないかと考えていた……。

「お兄さんとソルトさんがつきあってるの、知らなかったんですか？」

『知らなかった。昨夜、初めて知った』

翔太に一部始終を吐かせた後、楓はその場で『なりすましがバレました。詳細はお兄さんから聞いてください』とメッセージを打ち込み、翔太に見せた上でラテ宛に送信した。このまま無罪放免にしたら、翔太は弟に対して知らぬ存ぜぬを通すかもしれないと危惧《きぐ》した。説明責任は果たさせるべきだ。そう思った。

『ソルトさん、昨日、欠席だよね？』

「そりゃあ、そうです。カレシにだまされたんだから、ショックでゲームどころじゃないでしょう」

実際、萌花の落ち込みようは、見ているこちらがつらくなるほどだった。自宅の前まで送っていった楓だが、強引に泊まり込んだほうがよかったかもと、帰る道々、何度も思った。何かの被害者になる、ということは、状況や被害の大小に関係なく、その人の心に消しがたい傷を残すものだ。

「おまけに、ギルドの仲間にまで裏切られて」

『ちょっと待ってよ。裏切るなんて、そんな……。俺はそんなことしてない』

「そうですね。直接は何もしてないですよね。でも」

『でも？』

「最初に嘘をついたのは、師匠ですよ？　お兄さんから聞いた仕事の話とか、新潟の話とか、そういうのを全部、自分のこととしてしゃべったのは。お兄さんにだって、断りなしだったんでしょ？」

『ってことは、兄貴、モミジさんに全部、バラしちゃったんだ？』

「師匠がニートってこと？　あ、それ、お兄さんは一言も言ってないです」

『え？　どゆこと？』

「しゃべってて、わかっちゃったっていうか。私も同類だったから。そこだけは、お兄さんの名誉のために否定しときます」

いつ、翔太が弟の嘘に気づいたのかは定かではない。ただ、東京出張のたびに実家に泊まっていたのなら、二十三時からの通話を立ち聞きする機会もあっただろう。兄弟仲がよくて、ヒキコモリの弟を気に掛けていたなら、むしろ、弟の部屋から漏れ聞こえてくる話し声には注意していたはずだ。

自分のプロフィールが「丸パク」されていると知っても、翔太は何も言わなかった。立ち聞きしていたのがバレるからというより、弟のプライドを慮《おもんぱか》ったのではないかと思う。ただ、その気遣いが今回ばかりは仇《あだ》になった……。

「それはともかくとして。師匠がお兄さんのプロフィールをちゃっかり借用していたから、お兄さんも同じことをしたんだと思います。お二人とも同罪です」

『かもしれないけど……。フッー、気づくだろ？　声だって、違うんだし』

「いやいや。フッー、気づかないです。自分で自分の声ってわかんないと思いますけど、師匠の声と、お兄さんの声、そっくりですから。まあ、血縁関係があって、同性で、同年代だから、当たり前っちゃ当たり前なんですけど」

もともと電話の声は聞き分けにくいものだ。とりわけ男性の声は、特定の周波数が抜け落ちるために聞き取りづらい。

加えて、萌花は二人の声を同じ条件で聞いていない。通話アプリのアカウントは弟のラテのものだったから、翔太は萌花との連絡にはＳＮＳのメッセージを使っていた。つまり、萌花は翔太の声を直に聞いてはいるが、通話の声を知らない。逆に、ラテのほうは通話だけで、直に声を聞いたことがない。両者の区別が曖昧になるのは、むしろ当然のことだ。

ただ、翔太のほうは自分たち兄弟の声が酷似していることを自覚していた。おそらく、翔太は電話で弟と間違われたという経験があったのだろう。だから、なりすましがうまくいくと考えた。

「とにかく、ソルトさんに落ち度はないです。何も悪くないのに、居場所をなくしかねないんで、私がこうしてお節介をしてるわけですけど」

昨夜、萌花を自宅まで送っていった後、楓は大急ぎで帰宅した。定刻の五分前に通話アプリを立ち上げ、いつも早めに通話に来ているリンに、「萌花さん、体調不良で欠席です」と告げた。この手のゲームでは、無断欠席が最も嫌われる。ほんの数日とはいえ、楓はそれを学んでいた。

それに、萌花だけでなく、ラテも無断欠席しそうな予感がしていた。兄の翔太と口論になるかもしれないし、ならなかったとしても、平気な顔でゲームにログインできるはずがない。それができるほどの図々《ずうずう》しさがあるのなら、彼はもっとうまく生きてこられたはずだ。

となると、二人同時の無断欠席はまずい。二人の間に何かがあったのではないかと、勘ぐられかねない。せめて、萌花の分だけでも「欠席届」を提出しなければと思った。

「ところで、念のために確認しておきたいんですけど。師匠、ギルド抜ける気でいるんですよね？」

『俺、兄貴みたいに芝居うまくないから。今までどおり、ソルトさんと話すとか無理。みんなにも、絶対、何かあったってバレる。あ……』

「どうかしましたか？」

『いや、だから、兄貴は俺にソルトさんのこと、黙ってたんだなって』

なまじ知っていたら、隠しきれない。知らなければ、下手くそな嘘をつかずにすむ。

こういうところまで私と同じなんだな、と楓は内心で苦笑した。

『ギルド抜けるだけじゃなくて、ゲームのアカも消そうと思ってる』

「ソルトさんに悪いから？」

『うん』

ラテ師匠のそういう律儀なとこ、私、嫌いじゃないですよ、と楓は声に出さずにつぶやく。ちょっと見栄っ張りだったり、空気を読みすぎたり、すぐ逃げ腰になったりするけれど、根っこの部分は真面目。だから、生きづらい。これも同じだ。

「ソルトさんに悪いと思うなら、アカウント消すのは、待ってもらえませんか？　ギルド抜けるのは、同僚が急に辞めて仕事が増えたとか、残業ばっかのブラックな部署に異動になったとか、何とでも言い訳できるでしょう？　でも、アカウントまで消しちゃったら、何かあったのバレバレじゃないですか。ソルトさん、かえって困ると思うんですよ」

そっか、と答える声は弱々しい。楓には、ラテの胸中が手に取るようにわかった。

会社勤めの経験がないから、たったそれだけの言い訳さえ思いつかない、そんな自分が情けない……。

「実は私も、異動になったからギルド抜けますって、言ったんです。昨日」

『え？　モミジさん、なんで？』

いろいろありまして、と楓は言葉を濁す。嘘が苦手なら、言葉を濁すというやり方もあるんですよ、と教えてあげたいという考えが、ちらりと脳裏をかすめた。

「だから、昨日は私の送別会で、それで、ソルトさんは飲みすぎたってことにしました。私も嘘はヘタクソですけど、必死でがんばりましたよ」

『そうなんだ……』

「師匠の場合、直接言わなくたって、メッセで十分《じゅうぶん》じゃないですか。仕事なんだから、待ったなし。誰も責めたりしません。大丈夫」

『だといいけど』

「ホントですって。保証します」

自分が他人の目を気にしているほどには、他人は自分のことを気にしていない。そういうものだ。

「それと、もうひとつ、提案なんですけど。直にソルトさんに謝りませんか？」

手に余る物事を、誰かに手伝ってもらったり、肩代わりしてもらったりするのは、別に悪いことではない。メール一本で片付けていいこともある。だが、決して人任せにしてはならない物事や、自分の口で伝えなければならない言葉がある。

「罵られるかもしれないし、しんどいけど、黙って消えるより、後が楽です。後悔しなくてすみます。経験者は語る、です」

『経験者？』

「はい」

ダメ人間の経験者、と楓は笑って付け加えた。

［最終日］

雛子と楓が訪ねてきたのは、契約期間が終了するその日だった。

『ご報告と報酬の受け取りだけですから、ご都合が悪いようでしたら、後日でも構いませんよ』

昨日の雛子からの電話は、萌花の精神状態を慮っての申し出だったのだろう。萌花が真相を知ってショックを受けたと、楓から報告を受けたに違いない。

翔太が、ギルドメンバーの「ラテ」と別人だったと知ったときには、確かにショックだった。ひどく混乱してしまい、どこをどう歩いているのか、わからなくなった。

もしも、楓が送ってくれなかったら、無事に帰宅できたかどうか。

それでも、一晩たってしまうと、いくらか落ち着いた。少しばかり寝坊したものの、朝食をとり、見るともなくテレビを見ているうちに、少しずつ頭の中が冷えていった。

夜になって、楓から『ラテさんはもうギルドにいません』と連絡を受け、ゲームにログインした。電車移動中と偽って、通話はしなかった。画面に「ラテ」の文字がないだけで、ずいぶん気が楽になった。

その翌日は、むしろリンやティーダの声が聞きたくなって、いつものように通話アプリを立ち上げた。

『ラテさんも、モミジさんも、いなくなっちゃって、寂しいね』

『メンバーが抜けるときって、こんなもんだよ。前のギルドもそうだった』

『まあ、異動の季節ですからなぁ』

メンバーたちのそんな会話を、自分でも不思議になるほど静かな気持ちで聞いた。だから、雛子の電話には、後日ではなく明日でいいと答えた。直接会って話したいと思えた。ただ、電車に乗って出かけるのはまだ億劫《おっくう》で、『ご自宅まで伺いましょうか？』という申し出に飛びついた。

面談のときに、雛子が「一週間……いえ、十日間にしておましょう」と言ったのは、こうなることがわかっていたからだろうか？　確かに、一週間では足りなかった。ほんの二、三日であっても、それがあるのとないのとでは大違いだ。十日にしてもらえてよかったと、心底思った。

「最初から、気づいてらしたんですか？」

二人を部屋に通し、ペットボトルからコップに移しただけのお茶を出してしまうと、萌花は訊きたくてたまらなかった質問を切り出した。

「山城翔太さんと、プレイヤーネーム・ラテさんが別人だったということでしょうか？」

それとも、と雛子は意味ありげに言葉を切り、萌花を見て、再び言葉を継いだ。

「本当の理由を伏せて、私たちに仕事を依頼したことでしょうか？」

「ごめんなさい！　悪いことをしたと思ってます！」

勢いよく下げた頭がテーブルにぶつかった。コップが甲高《かんだか》い音を立てる。あわてて顔を上げると、雛子が申し訳なさそうな顔で「こちらこそ、ごめんなさい」と言った。

「意地悪なことを言ってしまいました。答えはどちらもイエスです。最初からわかっていたことですから、どうぞお気になさらず」

萌花が尋ねたかったのは、翔太とラテが別人であることを知っていたかどうかだが、それどころか、萌花が別れたい理由が「なんとなく」ではなかったことにも雛子は気づいていたらしい。

「私、聞いてないですよ、それ！」

傍《かたわ》らの楓が抗議の声を上げる。

「わざわざ説明する必要はないでしょう。ちょっと注意して、萌花さんの話を聞いていれば、わかることだもの」

梅干しを一度に何個も口に入れたような顔になって、楓が黙り込んだ。反論できない、とその顔に書いてある。

「そんなに簡単にわかることなんですか？」

「当事者と違って、私たちは先入観のない状態で見ていますから。たとえば、萌花さんの説明した山城翔太さんの特徴と、ラテさんの特徴は、別人と解釈したほうが自然なものでした。何より、オンラインでの会話で不参加を表明していたラテさんが、何の連絡もなく待ち合わせ場所に現れた。いくら急に新潟を発《た》ってきたからといっても、車中からメッセージのひとつくらい入れるものでしょう？」

その日、秋葉原に集まったメンバーは、誰もがそれなりに緊張していた。飛び入り参加者の言動にまで注意を払っていられなかった。一度、見過ごしてしまうと、再び注意を向けるのは、かえってむずかしいという。

それから、と雛子は続ける。

「オフ会の話題を避けようとしたラテさんと、ゲームの話題を避けようとした翔太さん。不自然なほど対照的な行動の理由を考えれば、これも同じ結論に至ります」

彼らの言動が対照的だったことに、まるで気づいていなかった。翔太の言葉ばかりに気を取られていたせいだ。

「何より、最初のデートで次はないとお考えになったのに、夜にはもうそれを翻した。なぜか？　通話の彼こそが萌花さんが本当に好きだった相手だから、ですよね？」

会うたびに違和感を覚えながらも、ずるずる続けてしまった理由がそれだ。今回限りと思っても、夜になればイヤフォンから「本当に好きな相手」の声が聞こえてくる。やっぱり私は彼が好きなんだと、思い直してしまった……。

「もっとも、それより前から引っかかってはいたんです。＊＊不動産の早川から緊急性の高い案件と連絡を受けていたんですが、萌花さんご自身は、うちのオペレーターの質問に急ぎではないとお答えになった」

そうだった。最初にオフィスＣＡＴのスタッフと通話した際、そんな質問をされた。

「早川の人を見る目は確かです。仕事柄、DVやストーカーから逃げている女性客を見抜くスキルは高い。なのに、その早川の判断と、依頼者の答えが食い違った。依頼者自身は危険を察知しているけれども、それを私たちに言うのはためらわれた、ということです」

その前提で、雛子は萌花を観察していた。だから、最初の面談でほぼ真相を把握《はあく》できた、ということ。

「そんなの、無理ですって。フッー、わかんないですよぅ」

楓が頬を膨《ふく》らませる。が、「注意力の問題よ」と雛子にぴしゃりと言われて、口をつぐんだ。

「でも、当事者の萌花さんなら、話は別ですよ。彼らが同一人物だという思い込みに縛られていたわけですから。オンラインとオフラインの異なる顔を見て、彼が裏表のある人物、平気で嘘をつくような、犯罪者予備軍だと思い込んだ。二人の人物をごっちゃにしていたんですから、それは気持ちが悪い印象になったと思いますよ。ストーカー殺人に走りかねない男、とか」

そのとおりだ。だから、別れ話を切り出すのが怖かった。対処を間違えれば豹変《ひょうへん》すると思い込んで、不安になった。同一人物でないとわかってしまえば、怖くも何ともない。まるで、居もしない幽霊におびえていたようなものだ……。

「それに、ストーカー殺人と言えば、警察に届けても無駄だったという前例がいくつもあります。誰にも助けてもらえないなら、誰かを身代わりにして逃げればいい。十万円で他人の恋人や配偶者を強奪するような、怪しげな女なら、後ろめたさを感じずにすむ……とまあ、これは、誰でも考えることです」

「ごめんなさい！」

萌花さんに限った話じゃありませんよと言われて、ほっとした。

「だから、私が担当だったんだ……」

楓が大きく肩を落とした。不思議に思って、萌花は「どういう意味ですか？」と尋ねてみる。

「私、そういう役回りなんですよ。事情を知らされずに現場に放り込まれて、右往左往して、あとは強運にモノを言わせるっていう」

「仕方がないでしょう？　楓ちゃんは、嘘とお芝居が壊滅的に下手なんだもの」

でも、と雛子が萌花のほうへと向き直る。

「今回の目的は、真相解明ではありませんから。その意味でも、篠原が適任だったんです」

「どういうことですか?」

雛子は萌花の問いには答えず、「篠原は、お節介《せっかい》で、世話好きなんですよ」とだけ言って微笑《ほほえ》んだ。

お節介。世話好き。そう言われて、閃《ひらめ》くものがあった。

一昨日《おととい》の午後だった。ラテから『今から通話いい?』というメッセージが来たのは。他のメンバーは勤務時間中だったり、授業中だったりする時間帯だった。誰にも邪魔されずに、話ができた。

話といっても、ラテが謝罪し、萌花がそれを受け入れるというだけの短いものだったが。それでも、気持ちに区切りがついた。

『直接謝れって言ったの、モミジさんなんだ。俺、本当はバックレる気でいた。ちゃんと謝ってよかったたって思う』

その言葉で、楓があれこれと根回しをしてくれていたことを悟った。何事もなかったかのようにギルドに戻れたのも、こうして気持ちの整理がついたのも、楓のおかげだった。

ああ、そうか。今回の目的は真相解明ではない、という意味がわかった。雛子は、萌花の居場所を守ってくれたのだ。会社の同僚もいなければ、親しく行き来している友人もいない萌花にとって、決して失いたくない仲間たちがいる場所を。

「ありがとうございました。完璧です。お願いしてよかった」

報酬の十万円を入れた封筒を差し出す。決して安いとは言えない金額だが、高いとは思わなかった。萌花のカレシを強奪するというミッションそのものが成功したとは言えないけれども、楓は、萌花が最も失いたくないものを守るという任務を完遂したのだから。

雛子が封筒の中身を確認し、「確かにいただきました」とうなずく。そこで、もうひとつ、気がかりだったことを思い出した。ところで、と萌花は楓を見る。

「楓さん、かなりゲームにハマってたみたいですけど」

「え？　あ？　それは、ええと……」

「大丈夫ですか？　ちゃんと足、洗えます？」

うろたえる楓の代わりに答えたのが雛子だった。

「ええ。大丈夫です。篠原の次の仕事は、スマホにさわる時間がほとんどとれないと思いますので」

なるほど、十日間という短い契約期間は楓のためでもあったのだろう。どれほどのめり込んでも、短い期間であれば興味が失《う》せるのも早い。

「そっか。それじゃ、ログインできませんよね」

「それに、今回使ったスマホは解約しますし」

「有無を言わさず、強制終了ですね」

ええ、と雛子がうなずく。少しばかり意地の悪い笑みを浮かべつつ。

「そんな！　雛子さん！　聞いてないです！」

楓が両手の拳を握りしめて抗議する。その真剣さがおかしくて、萌花は声をたてて笑った。

泥棒猫リターンズ
泥棒猫ヒナコの事件簿

第三話

初日の幕が上がるまで

今日が水曜日でなくてよかった。志乃《しの》がまず考えたのがそれだった。

不動産屋がなぜ水曜日に休むのか、正確なところは知らない。取引が「流れる」を嫌って水曜日を避けたとどこかで聞いたが、取引が流れて困るのは不動産業界に限った話ではない気がする。

いや、そんなことはどうでもいい。それよりも、あの女性スタッフを探さなければ。志乃はカウンターのスタッフにすばやく視線を走らせた。名前は……早川だったか早坂だったか。「早」の字がついたのは確かだ。手っ取り早く物件を見つけてくれそうな名前ですよね、と愛璃《あいり》がささやいてきたのを覚えている。

ただ、そのときは条件の折り合う物件がなく、後日、別の業者の仲介で転居先を決めた。志乃のではない。愛璃の部屋探しだった。

「いらっしゃいませ。お部屋をお探しでしょうか?」

早川でも早坂でもない名札をつけた女性スタッフが声をかけてくる。

「すみません。早川……さん、いらっしゃいますか？」

ダメもとで口に出してみると、背中を向けてコピーをとっていた女性が振り返った。視線がぶつかる。

「ええと。あの……」

次の言葉を探す必要はなかった。「早川」という名札をつけた女性は、足早に歩み寄ってきて、丁寧な動作で頭を下げた。

「その節は、お役に立てず申し訳ありませんでした。森井《もりい》様……でいらっしゃいますよね？」

志乃は目を見開いた。カウンターを挟んで少しばかり会話を交わし、物件をふたつ、見に行った。それだけだ。せいぜい二時間弱だった。しかも、半年も前。なのに、顔と名前を覚えていたとは。

「何か、お困りのことでも？」

尋ねる声は低い。まるで、志乃の目的がわかっているかのようだ。

「これ、なんですけど」

志乃はバッグのポケットから名刺サイズの紙を取り出す。ＱＲコードだけがプリントされ、文字も数字も書かれていない。

「あっ。申し訳ありません。すぐに新しいものをお持ちしますね」

志乃の手から紙片が消えた。実際に消えたわけではないが、そうとしか思えないほどすばやく、密《ひそ》やかな動作だった。

「定期的に更新しているものですから。これも再来週、いえ、来週には……」

志乃はうなずいた。半年前、QRコードを読み込んだときには、確かにサイトにつながったのに、三日前には消えていた。定期的に更新していると言われて、納得した。道理で、とも思った。恋人だのカレシだのを横取りすると明記したサイトが、ネットの噂《うわさ》にもならず、炎上もせずにいるのは、短期間にURLを変えていたからだったのか、と。

自宅に帰るまでの時間が惜しくて、外へ出るなりQRコードをスマホに読み取らせた。おそらく半年前と寸分違《たが》わないであろう文字が表示される。あのときは、一人ではなく二人だった。愛璃と二人で、牛丼を食べながら、これを見た。

『どうする？』

『ムリに決まってるじゃないですかぁ。十万円ですよ？　ないない。あり得ない』

『でも、危ない目にあうくらいなら……』

『心配性なんだからぁ』

『ストーカーくらいじゃ、警察は動いてくれないんだよ？』

『まだストーカーになるって決まったわけじゃないし』

『だって、ファンに殺されそうになった子、いたじゃない』

だいぶ前の話ではあるけれども、「地下アイドル」の若い女性がファンを名乗る男性からストーカー行為を受けた末に、刃物で刺されて瀕死《ひんし》の重傷を負った。愛璃はその地下アイドルだった。いや、今では「インディーズアイドル」という呼び方が定着しているが。

秋葉原のライブハウスやスタジオがテリトリーと思われがちなインディーズアイドルだが、競争が激しい昨今では、活動の場をそれ以外のエリアやジャンルにも広げている。劇団への客演も、そのひとつ。劇団員の志乃が愛璃と親しくなったのも、そういう経緯《いきさつ》だった。

もっとも、志乃が所属しているのは、安い会場《ハコ》を安い時期に借りるのがやっと、というマイナーな劇団だった。公演費用は持ち出し、チケットのノルマは当たり前、団員はアルバイトが必須。そんな劇団の芝居に出るのだから、愛璃もまた最底辺のインディーズアイドルだった。

そんなマイナーな劇団への客演でも、愛璃に言わせれば「一ミリでも客層を広げるための大事な一歩」なのだという。

『お客さんが劇団の主宰者って聞いたから、もう必死で頼み込んだんですよぉ。道ばたの石ころでいいから出させてって』

主宰者でもある脚本家が飲みに行った店で、愛璃はアルバイトをしていた。劇団員と同じく、インディーズアイドルもバイト必須らしい。

アイドルとは名ばかり、置かれた境遇も生活レベルも自分たちと似たり寄ったりで、親近感が湧いた。しかも、愛璃には熱意があった。演技は頭にドがつくほど下手《へた》だったが、その熱意には好感を覚えた。志乃だけでなく、劇団の誰もが愛璃を仲間として迎えた。

愛璃は飲み込みも早く、棒読みだった演技も、初日の幕が開くまでにはどうにか見られるレベルになった。千秋楽のカーテンコールでは、客席から声援まで飛んできた。客演は一度きりではなく、二度、三度と続いた。

ちょうどそのころ、志乃は左足の怪我《けが》で裏方に転じていた。何となく愛璃の世話係のようになり、やがて劇団とは何の関係もない相談まで持ちかけられるようになった。

『TOがヤバげなんですよねぇ』

聞き覚えのない言葉で始まったその相談も、劇団とは何の関係もなかった。

『てぃー？　何、それ？』

『トップオタの略ですけど、聞いたことないですか？』

『ごめん。わかんない』

『一番お金を落としてくれるお客さん。だから、大事な大事なお得意さまではあるんだけど、ちょっと困ったちゃんっていうか』

握手会のときもなかなか手を離してくれないし、チェキのとき触ろうとするし、と愛璃がため息混じりに言った。

『スタッフさんから注意してもらえないの？』

『注意できそうで、できない、ギリギリのところを狙ってくるんですよ。ミョーに頭いいんですよねぇ。それに……』

『それに？』

『もしかしたら、家バレしちゃったかも』

家がバレた、自宅を突き止められてしまった、ということ。文末に「かも」がついていたが、愛璃がこういう言い方をするときは、仮定ではなく断定だということが、もう志乃にはわかっていた。

そして、愛璃は『引っ越しちゃおっかなぁ。今の部屋、どうせ再来月には更新だし』と言った。もちろん、志乃は賛成だった。物件探しに同行してほしいという愛璃の頼みも、快く引き受けた。

『なんか私、ガキっぽい見た目だからか、ナメられやすいんですよね。事故物件とか摑《つか》まされたらイヤだし』

『事故物件には告知義務があるから、大丈夫』

『それそれ！　そういう法律に強い的なコメントがサラッと出てこないんですよ』

『別に法律に強いわけじゃないけど。いいよ。不動産屋につきあうくらい、どうってことないから。いっしょに行く』

ネットで物件をリストアップした後、まず大手の仲介業者に予約を入れた。次に、愛璃が住んでみたいと思っている最寄り駅に近い不動産業者を探した。大手ではないと一見してわかる名前の業者である。

昔から地元密着でやってきた業者は、当然のことながら地元に強い。どのエリアが安全か、日が落ちた後に危険度が跳ね上がるスポットはどこか、そういった情報を持っている。さらに、大手とは共有していない掘り出し物を温存していたりするのだ。

その地元密着型の不動産屋で、とても感じよく対応してくれたスタッフがいた。帰り際、彼女は「何かお困りのご様子でしたから」と小声で言って、QRコードだけが印刷されたカードを志乃の手にそっと忍ばせた。

愛璃の言うとおり、十万円という依頼料はあまりにも高額に思えたから、そのときはそれきりだった。例の困った客もその後、自主的にトップオタの地位を降りてしまったとのことで、転居の理由となった問題は消滅した。志乃も、怪しげなサイトのことなど忘れかけていた。

あの時点では、まさか再びQRコード入りのカードを引っ張り出す羽目に陥《おちい》るとは想像もしていなかった。モノが捨てられない性分に、生まれて初めて感謝した。

【一日目】

SNS経由でオフィスCATにメッセージを送る際、少しだけ迷った。アカウントをどうするか、だ。得体も素性も知れないサイトである。いわゆる「捨てアカ」と呼ばれるものを作るのが常道だとはわかっていた。

ただ、以前に比べてSNSの運営側も「なりすまし」などのトラブルに神経を尖《とが》らせているせいで、複数アカウントが作りにくくなっている。新たな電話番号を用意するか、別のSNSアカウント経由で作成するか。

志乃の場合、そのどちらも難しかった。劇団の広報活動を行うために、どのSNSアカウントもフル回転で使っている。「捨ててもいいアカウント」など持っていないのだ。かといって、新たな電話番号、つまり二台めのスマホを用意するなど論外だった。生活費をギリギリに切り詰めるのがデフォルトの劇団員である。

それで、馬鹿正直に普段使っているアカウントをそのまま使うことにした。万が一のときには退会することを覚悟し、「友だちリスト」のメンバーのアカウントの控えを取った。

それほど悲壮な覚悟で臨んだのだが、先方のリアクションには怪しげな気配など少しもなかった。メッセージの文面は簡潔でありながら誠意を感じさせるものだったし、通話機能で直接話をしたスタッフは、新人研修の講師のようにきちんとした言葉遣いだった。

「ご連絡をくださった方ですね？　オフィスCATの皆実雛子と申します」

待ち合わせのファミレスに現れたのも、服装こそ特徴的であったものの、礼儀正しく好感の持てる女性だった。

「本題に入る前に、お店を変えますか？　周囲が気になるようでしたら、カラオケの個室とか。ただ、料金は折半になります」

「いえ。ここで大丈夫です」

日暮里《にっぽり》の駅から文京区寄りという立地だからか、店内は幼稚園のお迎えの帰りと思《おぼ》しき主婦のグループや、高校生のグループばかりで、誰もが自分たちのおしゃべりに夢中になっている。そこへ奇声を上げて走り回る幼稚園児が加われば、盗み聞きなどできようはずがない。

　それに、平日の昼間とはいえ、カラオケボックスの料金はそれなりに高い。アルバイトで食いつないでいる身としては、可能な限り回避したい出費だった。

「それでは、さっそくですが、志乃さん」

　名前じゃなくて苗字《みょうじ》で呼んでいただけますか、と言いたくなるのを、志乃はぐっとこらえた。むしろ好都合だ。「志乃さん」という呼び方を聞いて、即座に志乃の顔を思い浮かべる者は、仲間内にはほとんどいない。

　なぜなら、志乃は名前を「さん」づけで呼ばれるのは好きではなかった。同年代には少ない名前だからか、どうにも老けたイメージがつきまとう気がする。それで、中学も高校も、ずっと苗字で呼んでもらっていた。劇団でも、苗字の「森井」をカタカナにした「モリー」という名前を使っている。

「ターゲットについて教えてください。ご自身の交際相手ですか?」

「いえ、私じゃなくて……」

友だち？　違う。愛璃は友だちじゃない。メンバー？　それも少し違う。客演したけれども、彼女は劇団員ではない。

「後輩。そう、後輩がつきあっている相手がいるんですけど」

つきあっている、という言葉を口に出すなり、胸の奥が鈍く痛んだ。

「そのお相手、つまり、後輩のカレシさんが今回のターゲットである、と」

「そうです。ただ、ひとつだけ、条件があるんです」

「というと？」

「後輩と彼以外、当事者以外には、恋愛絡みのトラブルが起きていると気づかれないようにしてほしいんです」

「それは、つまり、ターゲットを強奪したことはもちろん、接触したことも第三者に悟られてはならない、ということですか？」

「そうです。できますか？」

無理だと言われたら、話はここまでだ。だから、用心して二人の名前はもちろん、劇団の名前も出さなかった。オフィスＣＡＴが把握できる情報は、志乃の名前とＳＮＳのアカウントのみ。これなら、二人が特定されることはない。……そこまで考えていたのだが。

「わかりました」

困惑する様子も、渋る様子もなかった。あまりにも、あっさりと了承されてしまったせいで、逆に梯子《はしご》を外されたような気分になった。これで、契約が成立してしまった。十万円を払って、愛璃から彼を奪ってもらう。

でも。本当に、大丈夫なんだろうか？

「別に、安請け合いをしたわけじゃありませんよ」

よほど難しい顔をしていたのか、雛子が苦笑気味に言った。

「クライアントのご要望にお応えするのは、当然のことです。決して安くはない報酬をいただくのですから、全力を尽くします。その点はご安心ください」

それに、と雛子は声をひそめた。

「後輩さんとカレシさんの交際が表沙汰になってはまずい、というのが、そもそもの目的なのでしょう？」

志乃は狼狽《ろうばい》した。こちらの事情を推し量れるような言葉を漏らしてしまったのだろうか。

「ご心配なく。志乃さんが口を滑らせたわけじゃありません。当てずっぽうで言ってみたのが、たまたま当たっただけですよ」

「でも、どうして？」

「遠目に見てもわかるくらい、背筋の伸びた方でしたから、最初はバレエでもやってらっしゃるのかなって思ったんです。ただ、歩くときの重心の取り方が、バレエダンサーとは違う。筋肉のつき方は、むしろ体操選手に近い」

そう言いながら、雛子は志乃の手荷物へと視線を投げた。

「待ち合わせに指定したのが日暮里駅の改札で、服地屋さんの袋を提《さ》げて現れた。まあ、手芸が趣味という可能性もありますが、強引に結びつけるなら、お芝居の衣装や小道具の材料かな、と」

知り合いと鉢合わせしかねないから、自宅や稽古場の最寄り駅や沿線の駅を待ち合わせに使いたくなかった。かといって、一度も降りたことがないような駅は不安だ。それで、選んだのが繊維問屋街の最寄り駅でもある日暮里だった。待ち合わせの時間よりだいぶ早く到着した志乃は、よせばいいのに、問屋街をのぞいてしまった。そして、店先のワゴンに積み上げてある投げ売りの服地を見つけた。

思わずスマホで撮影し、衣装係をしている団員に送った。それほどの安値だったのである。衣装係からは間髪を容《い》れずに「即買い」の指示が返ってきた。低予算を是《ぜ》とする劇団に貢献できたが、そのせいで本名とSNSのアカウント以外の情報を与えてしまう結果になった……。

「いずれにしても、ある程度の情報は必要です。そちらのご事情が全くわからなければ、対策が取れません。秘密を守るためにも、少しだけ、私どもを信用していただけませんか」

自分に人を見る目があるとは言わない。ただ、口先だけだったり、やたらと話を盛ったりする連中がごろごろ転がっている業界に身を置いているせいか、信用できない人間には鼻が利くようになった。目の前の相手は、少なくともその手合いではない。

「わかりました」

「ありがとうございます。助かります」

それに、これは自分の一存でしていることだ。他の誰にも相談していない。万が一のときには、「古参の劇団員が新入りに嫉妬して嫌がらせをした」という筋書きにしてしまえばいい。志乃の嫌がらせの相手は、あくまで愛璃。そういうことにすれば、夏輝《なつき》に累《るい》が及ぶことはないはず。

「それでは、さっそくですが、ターゲットと志乃さんのご関係から教えていただけないでしょうか。できれば、知り合ったきっかけも含めて。立ち入ったお話になりますが、おつきあいしていた時期があるのなら……」

「それはないです」

志乃は雛子の言葉を遮り、きっぱりと首を横に振った。それだけは、ない。

「この先も、ですか？」

「はい」

確かに夏輝のことは好きだが、つきあいたいとは思っていない。もしも、それを望んでいるのなら、自分はここにいなかっただろう。

「劇団の仲間なんです」

最初から話そう。不思議とそんな気持ちになっていた。

高梨《たかなし》夏輝は、志乃の同期生だった。「同期」と呼べる仲間がいるのは、実は志乃たちだけである。小規模な劇団だけあって、団員の補充は誰かが抜けたタイミングで行われることがほとんど。志乃たちのときには、たまたま複数の団員が引き抜かれるという非常事態が発生したせいで、そこそこの人数が「研究生」の名目で入団した。

ただ、そこそこの人数だったはずの同期も、半年も経《た》たずに半分になり、最終的には夏輝と志乃の二人しか残らなかった。

実は、舞台に上がったのは夏輝よりも志乃のほうが先だった。ただし、台詞《せりふ》のある役ではなく、「飛んだり跳ねたり踊ったり」するアンサンブル・ユニットの一員として、である。

当時、アンサンブルを務めていた女性メンバーは三人いた。彼女たちは全員、身体能力が抜群に高く、たった三人でありながら、縦横無尽に舞台を飛び回ることで「敵の大群」や「パニック状態の群衆」を表現していた。その彼女たちの動きについていける団員が、新人の志乃一人だったために、志乃は早々に四人目のメンバーとして固定された。

台詞のある役がほしいと思わなかったといえば、嘘《うそ》になる。役者を志す以上、当然のことだ。けれども、その不満もほどなくして消えた。初めて、代役として舞台に上がった夏輝を見た瞬間に。

自分とは違う。オーラがある、などという手垢《てあか》のついた言葉では表現しきれない、圧倒的な違いがそこにあった。私はここでアンサンブルとしてやっていこう、と素直に思えた。

腹をくくったからか、体の動きが格段に良くなったのが自分でもわかった。だから、同期生たちが次々に辞めていっても、志乃は辞めなかった。

それに、全身を極限まで使うのが、面白くてたまらなかった。自分には無理だ、と思っていた動きが、ある日突然、できるようになったりするのだ。バク転をやる自分なんて想像したこともなかったのに、挑戦してみたらできた。バク宙なんてあり得ないと思っていたのに、集中的に練習したら、できるようになった。練習によって限界を飛び越えていく楽しさに、志乃は夢中になった。

もしも、十代のころに体操やパルクールに出会っていたら、同じように夢中になったのかもしれない。だが、中学にも高校にも、陸上部はあっても体操部はなかった。パルクールという運動方法を知ったのも、最近のことだ。体育の授業で行うマット運動は、前転や後転がせいぜい。その程度では、限界を飛び越える楽しさは味わえない。

ここに来てよかった、と思った。三人の先輩たちに出会えてよかった、と。彼女たちにしても、最初は様子見をしていた。落伍させないことを優先するのか、一日も早く「四人目」となれるように鍛えるべきなのか、迷っていたと、後になって聞かされた。志乃が腹をくくったから、先輩たちも志乃を鍛えようと決めたのだ。

『ナツは私の恩人なんだよ』

いつの飲み会だったか、隣に座った夏輝にそんなふうに言ってみたことがある。

『へ？』

『わかんないよね。ごめん。忘れて』

話を早々に打ち切ったが、もうひとつ、心の中でつけ加えた。ナツは希望の星でもあるんだよ、と。

そのころには、夏輝が主役を務めることもめずらしくなっていた。いつの日か、夏輝はもっと大きな劇団の公演に呼ばれるようになる。もしかしたら映画やテレビドラマに出演する日も来るかもしれない……。

志乃の予想は的中した。数百人規模のハコで上演される舞台のオーディションに合格したのだ。

女性向けゲームの舞台化作品、いわゆる「二・五次元」と呼ばれるものだった。偶然にも、そのゲームに出演していた人気声優と夏輝は声がよく似ていた。髪の色を変え、衣装をまとって舞台に現れた夏輝は、ゲームの中からキャラが出てきたかのように見えるだろう。

この公演は確実に「次」がある。マイナーな劇団に籍を置いてきた役者にとって、またとないチャンスだ。希望の星、同期としての誇りである夏輝が認められるときが来た。きっと夏輝はブレイクする……。

まるで自分のことのように浮かれていた志乃に、冷水《れいすい》を浴びせるような言葉を発してきたのが、愛璃だった。

『二・五次元かぁ。あんま会えなくなっちゃうかなぁ』

志乃は思わず愛璃を見た。

『会えなく……って？』

すばやく周囲に視線を走らせた。幸い、まだ誰も来ていない。定期公演の千秋楽だった。志乃は誰よりも早く劇場入りしていた。愛璃がやってきたのは、志乃に遅れること数分。愛璃はプライベートでは時間にルーズなほうだったが、練習には遅刻したことがなかった。公演ともなれば、さらに早い。

『もしかして、つきあってるの？』

自分ではわからなかったが、相当きつい目でにらんでいたらしい。

『やだなぁ。モリーさんってば心配性なんだからぁ。バレないように、うまくやりますからぁ』

例によって、まるっきり深刻さを感じさせない口調で言った後、愛璃はけたけたと笑った。

大丈夫？　うまくやる？　どうやって？　できると思ってるの？

二・五次元の俳優は、恋愛御法度《ごはっと》だと聞いている。アイドルのように事務所が禁止しているわけではない。ファンがそれを許さないのだという。

とある二・五次元俳優と一般女性とのツーショット写真が流出した翌日の舞台では、最前列の観客全員が喪服を着ていたとか、終演後のハイタッチ会で女性ファンに取り囲まれて吊《つる》し上げられたとか、その手の話はネットにいくらでも転がっている。

オーディションを受けると夏輝から聞いた際、志乃は二・五次元について調べまくったのだ。

『しばらく会わないほうがいいんじゃない？　女オタクは怖いっていうし』

『モリーさん、そんなサベツ的な発言したら、炎上しちゃいますよ？』

『あのね、ふざけてる場合じゃなくて』

『だーいじょうぶ、だいじょうぶ』

どうやら、愛璃はまるで自重する気がないらしい。まずい、と思った。それでなくても、愛璃にはファンに自宅を突き止められたという前科がある。つまり、脇が甘いということだ。その調子で、夏輝との「密会の現場」を押さえられたりしたら。

十分《じゅうぶん》な実績がある俳優ならまだしも、二・五次元での夏輝は無名の新人のようなもの。万が一、ネットで炎上でもすれば「次」がなくなってしまう。

夏輝も夏輝だ。よりにもよってアイドルと火遊びだなんて。いや、アイドルといっても上に「地下」がつく。だから問題ないとでも、考えたのだろうか。

頭を抱《かか》えたくなった。夏輝にも、愛璃にも。


【二日目】


スマホのアラームが鳴る前に目を覚ましたのは久しぶりだな、と夏輝は思った。

小劇場のちょっとトガった芝居と、異世界ファンタジー系のゲームを原作とする二・五次元と呼ばれる舞台では、勝手が違うのはわかっていた。しかも、『きみの翼は僕の歌』、略してキミウタは、すでに固定客がついているシリーズもので、ハコの大きさも観客動員数も桁違いである。ある程度の覚悟はしていた夏輝だが、「ある程度」などというレベルではなかった。とにかく忙しい。それも、オーディションの結果が出たその日から、だった。

その場で写真撮影があり、衣装の採寸があり、スタッフとの顔合わせが行われた。翌日には関係各所への挨拶回り。衣装が縫い上がると、台本《ホン》読みもしていないのに、衣装をつけての撮影があった。パンフレットだけではなく、チケット購入特典の写真集に使われるから、撮影時間はそれなりに長かった。

それから稽古が始まるまでの間、ホンの上がりが遅れたせいで、二日ほどの休養日があったが、途中参加の新入りには休んでいる暇などない。ひたすら過去の公演の動画を視聴していた。

ブルーレイとして市販されているものは、オーディションを受けると決めた時点で全話、視聴した。ところが、それらの映像は、基本的に千秋楽のものである。舞台は、その時々の状況や観客の反応に左右される。ハコの大小に関係なく、毎回毎回、少しずつ異なるものだ。

また、敢《あ》えて異なる台詞やシーンを入れることもある。公演中、何度も足を運んでくれる熱心な客への日替わりサービスだ。たとえば、キャスト同士でちょっとしたゲームをするとか、本筋とは関係のない寸劇を挟むとか。それらは台本にも書かれていないし、ブルーレイにも収録されない。その日、劇場にいた観客だけが知っている「特別なシーン」となる。

そんなわけで、千秋楽以外の公演の動画は、関係者でも持ち出しが制限されている。どうしても見たいと拝み倒して見せてもらった。

自分が選ばれた理由が、演技力云々《うんぬん》ではなく、「ゲームの声優そっくりの声」にあることは自覚している。身長と体重がゲームの設定と全く同じという偶然も、これまた演技力とは無関係の部分だ。

途方もない幸運によって与えられたものは、些細《ささい》な不運で奪われる。なぜなら、誰もがそれを願うから。得たものを失いたくないなら、幸運によって与えられたのではなく、努力で摑み取ったものだと知らしめねばならない。

人は自分より幸運な者を許さないし、自分より才能がある者を妬《ねた》む。だが、自分より努力をする者だけは受け入れざるを得ない。だから、才能や運の有無に拘《かか》わらず、努力だけが身を守る盾となる。

実際のところ、努力によって身につくものなど高が知れている。才能や運の力のほうが圧倒的なのだ。だが、才能と運では身を守れない。だからだろう、才能のある連中ほど努力をしている。それも、呼吸をするが如《ごと》く、自然に。

もっとも、自力でその事実を知ったわけではない。教えられたのだ。気づかされた、というべきか。

『すごいんだよ。才能のある人ほど努力が苦にならないみたい。なんか、息をするみたいに努力してるっていうか。才能があって、努力もするんだから、向かうところ敵なしだよね』

飲み会の席での会話だった。本人は何気なく口にしたのだろうが、夏輝の耳には、その言葉が天啓のように響いた。以来、天才だの奇才だのと呼ばれる人々への見方が変わった。よくよく観察すればするほど、あの言葉は正しいと思った。

彼らのように努力をしなければばと思う。偶然と幸運によって、とても大きなものを与えられた今は。

現場では、すべてを糧とするために五感をフル回転させている。些細なものも見落とさず、微《かす》かなささやきも聞き逃さない。もちろん、それが楽しい。

『子犬が走り回ってるみたいだね、ナツは』

『いいんじゃない？　アトリはそういうキャラだし』

アトリ、というのが夏輝に与えられた役の名前だった。キミウタの登場人物は、全員、鳥の名前なのだ。

『背格好もアトリと同じだしね』

声や体型だけではなく、性格や行動も似ていると思わせたかった。そのまま立っているだけで、アトリがいると思ってもらえるように。

ただ、その反動なのか、帰宅すると何もする気が起きない。どうかすると服のまま倒れ込んで朝まで熟睡という日もめずらしくなくなった。

電車での移動中も危険だ。つい寝落ちして乗り越してしまってからは、がらがらに空《す》いていても座らないようにしている。スマホのアラームも、何度も確認していた。

うっかりセットし忘れたら、翌朝は間違いなく寝坊する。

　今日は、そのアラームが鳴る前に意識が浮上した。二度寝するには半端な時間だ。布団の中でぐずぐずしていたら、インターフォンの鳴る音がした。そういえば、さっきも夢うつつの中で同じ音を聞いた気がする。目が覚めたのは、そのせいか。

　すぐに起き上がってドアを開けたのは、半分、寝ぼけていたからだ。でなければ、最初から居留守を使うか、ドアののぞき穴から宗教や訪問販売の類《たぐい》でないことを確認していた。

「すみません。うちの洗濯物が……」

「洗濯物？」

「昨夜《ゆうべ》は、風が強くて。飛ばされて、それで……そちらのベランダに」

　わかりましたと答えてドアを閉め、カーテンを開けて驚いた。鮮やかな色彩が網膜を直撃したせいで、しつこく残っていた眠気が吹き飛んだ。

　二日分の洗濯物を干すのがいっぱいいっぱいという狭いベランダを、大きな布が覆っていた。明るいオレンジ色をベースにして、焦げ茶色と深緑色がぽつんぽつんと点在している。アトリの衣装とよく似た配色に、親近感を覚えた。

　なるほど、あの衣装はこんなふうに観客の目を驚かせるのか。

そんなことを考えながら、布を拾い上げた。ベランダの掃除など、一度たりともしたことがなかったから、オレンジ色がところどころ黒くなってしまっている。広げて振ったり叩いたりみたが、その程度で汚れが落ちるはずもなかった。

これでは洗い直しだ。さぞ、がっかりするだろう。何やら申し訳ない気持ちになった。別段、自分に非があるわけではないが、この色はアトリのイメージカラーである。

けれども、ぶち模様のような汚れを見ても、相手は全く失望する様子がなかった。それどころか安堵《あんど》したように「ありがとうございます」と頭を下げた。

「すいません。うちのベランダ、汚いから」

夏輝が謝ると、相手はきょとんとした顔になった。何を言われたのか理解できない、という表情だ。

「きれいな布なのに、あっちこっち黒くなっちゃって」

「あ、それなら、大丈夫です。これ、もう一回、ごしごし洗うんです。しっかり染料を落とさないと、後で変色しちゃって、思ったとおりの色にならないんです。だから、全然、問題ないです」

満面の笑み、という卜書きが隣に見えるほどの笑顔だった。

「朝っぱらからお騒がせして、すみませんでした。きれいな布って言ってくださって、うれしかったです」

なるほど、自分で染めた布だったのか。ドアを開けたときの必死な顔、布を手にしたときの満面の笑み。そして、少し照れたような「うれしかったです」の表情。

いいことをしたんだ、と思えたのは、彼女が帰ってしまった後だった。

＊

ターゲットとの接触に成功しました、と雛子から連絡があったのは、面談の翌日だった。高額の報酬を要求するだけあって、仕事が速い。

前日の会話が志乃の脳裏に蘇《よみがえ》った。依頼者の側から「いつまでに」と要求できない代わりに、オフィスＣＡＴ側が設定した期限は何が何でも守る、と言われたのだ。

『今回は、慎重に事を進める必要がありそうですので、少しお時間をいただいてもよろしいでしょうか？』

『少しというと、どれくらいですか？』

正直なところ、時間がかかるのは困る。夏輝の知名度が上がり、露出が増えるほど、炎上やバッシングの危険は増していく。とはいえ、雑な仕事をされたらもっと困るから、急《せ》かすつもりはなかった。半年とか一年とか言われたら、この話はなかったことにしてもらうだけのこと。

『もちろん、何カ月もお待たせしたりはしません』

まるで、志乃の頭の中を読んだかのような言葉だった。

『本来なら一週間から十日程度なんですが、その期間では厳しいので』

その日数に、逆に驚いた。二、三カ月は待たされるかも、などと勝手に思い込んでいたのだ。

『じゃあ、早くてどれくらいになりますか?』

尋ねながら、頭の中でスケジュール帳を繰る。雛子が少しばかり芝居がかった表情になった。

『初日の幕が上がるまでには』

ぴったり三週間、二十一日後だった。

[四日目]
今日はオープニングのダンスと立ち回りの稽古です、午後九時ごろまで通話はできません、とマネージャー宛にメールを送信したところで、電車が速度を落とし始めた。

マネージャーといっても、専属ではない。夏輝のような駆け出し数人をまとめて面倒を見ている。当然、一人当たりにかける手間暇は限られているから、マネージャーがやってくれるのは、スケジュールの管理とオーディションの話を持ってくるところまで。現場には夏輝一人で行く。

まあ、子役なら付き添いも必要だろうが、夏輝は二十代も半ばである。時間と場所がわかっていて、先方に話が通っているのなら、一人でも何ら問題はなかった。

それに、オーディションを受け続けていたころは、毎回、行く場所が異なっていたから緊張もしたし、不安もあったが、今の行き先は同じ稽古場である。すでに出来上がった現場に新顔として入っていく緊張感はあるものの、不安はない。

スマホの画面が暗くなるのを阻止するかのように、メール着信のバナーが表示された。マネージャーからの折り返しではない。愛璃からだった。今、リアルタイムで連絡が取れるのは、マネージャーと愛璃だけだ。

稽古中に、スマホの画面が頻繁に光るのがいやで、メールと通話以外は、着信や更新があっても表示させないようにした。ＬＩＮＥやインスタグラムなどのＳＮＳは、帰りの電車でまとめて読む。だから、ＬＩＮＥだけでつながっている劇団の仲間たちとは、リアルタイムでのやり取りが途絶えてしまった。

まさか、愛璃はこうなることを見越していたわけでもないだろうが、つきあいらしきものを始めたころから、LINEではなくメールで連絡をよこした。LINEで友だち登録をしていたにも拘わらず、である。

『だって、LINEの文章って、頭悪そうに見えなくない？』

それが、なぜ今時メールなのかという夏輝の問いに対する愛璃の答えだった。

『ほら、私、しゃべり方がアホっぽいから。メールのがマシな気がするっていうか』

『そうか？　そんなことないと思うけどな』

『そんなことないのは、どっち？　アホっぽいのほう？　メールのがマシってほう？あー、やっぱ言わなくていい。へこむから』

愛璃は自分で言うほど「アホ」ではない。それどころか、頭の回転は速いほうだろう。でなければ、いくら強引に迫られたとしても、つきあっていたかどうか。

地下アイドルという肩書きと、特定の客層に向けた舌っ足らずなしゃべり方。劇団の主宰者に連れられてやってきた愛璃は、確かに、頭の中身が軽そうなタイプに見えた。ところが、稽古が始まってみると、その熱意に圧倒された。単なる熱意ではない。相応の努力を伴った熱意だったのだ。

台詞の覚えも早かった。それだけではない。台詞やシーンが変更されても、愛璃は間違えなかった。記憶力だけでなく、理解力にも優れている、ということだ。

頭が良く、熱意もあり、努力もしている。第一印象とのギャップに驚いた。何より、もっと上を目指したいという野心を隠さないところに好感を持った。

小劇団の役者は、ある意味、馬鹿だ。芝居馬鹿、である。とにかく芝居が好きで好きでたまらない。ハコが埋まれば素直に喜ぶが、それ以上に、芝居を続けたいという気持ちのほうが強い。役者としての技術を極めたいという野心は口に出せても、もっと売れたいといった俗な野心は言い出しにくい空気がある。

愛璃の言動はどれも、夏輝にとって小気味よいものだった。だから、半ば押し切られる形で、つきあい始めた。仲間内では俗物だと見なされたくなかったが、愛璃の前では俗物でいられた。俺、こんなこと考えてたんだ、と自分で驚くことも一度や二度ではなかった。

事務所に入ることを勧《すす》めてくれたのも愛璃だった。とはいえ、勧められた当初は正直、戸惑った。パンフレットのプロフィールに所属事務所が書かれていたりするのは、大きなハコに出演する役者だけだと、無意識のうちに決めつけていたのだ。

『俺くらいの役者が事務所とか、いいのかな？』

『ダメダメ！　俺くらいとか言っちゃダメ！』

『え？　だってさ……』

『だってって言うのもダメ！　でも、もダメ！　だってとでもは、すぐ口にくっつくから！』

『くっつく？』

『口癖になるってことだよ』

だって、でも、どうせ。頭文字《かしらもじ》をとって3D。だいぶ前になるが、芝居の台詞に出てきたのを思い出した。3Dは現場で嫌われるから止《や》めなさい、という台詞だった。

その口癖は早く直してね、と続いたのだが、愛璃の「口にくっつく」のほうが表現として面白い。おそらく、相手の印象に残るように言葉を選んでいるのだろう。

『ナツ先輩は、上に行きたいヒトでしょ？　オーディションとか、チョーいっぱい受けなきゃでしょ？　事務所通さないと受けられないオーディションのほうが多いんだよ？　スタートラインにすら立てないんじゃ、どこにも行けないよ？』

なるほどと思った。「俺くらいの役者」だからこそ、事務所の力が必要なわけか、と。それで、愛璃の所属事務所を紹介してもらった。というよりも、愛璃は最初からそのつもりで話を振ってきたらしい。

『もったいないなあって、思ってたんだ、ずっと。だって、ナツ先輩、チャンスさえあれば結果出せるはずだから』

愛璃の言ったとおり、事務所に入って、ようやくスタートラインに立てた。チャンスにも恵まれた。あとは、結果が出せるかどうか……。

不意に、体が横に引っ張られて、我に返った。電車が速度を落とし始める。この辺りを通るときには、なぜか強い横揺れがくるのだ。

愛璃からのメールは、次に受けるオーディションが決まったという内容だった。先日受けたオーディションについては書かれていないから、そちらは落ちたのだろう。熱意があって、頭の回転が速くて、努力もしている。それでも、オーディションに落ちる。競争率が高いのだから、仕方がない。

夏輝はスマホをポケットにしまった。短くても返信したほうがいいのだろうが、電車はもう駅に着いている。ホームで立ち止まってまでメールを打つのは億劫《おっくう》で、帰りの電車の中で返信しようと思った。

ＬＩＮＥのように既読がつくわけでもないから、メールチェックが遅れたふりをして後回しにできる。なぜ今時メールなのかという問いの本当の答えは、案外、こっちかもしれない。

そう思うと、少しだけ後ろめたさが薄らいだ。

結局、帰りの電車の中で返信メールを打つという予定はお流れになった。ドアのそばに陣取ってスマホを取り出したところで、声をかけられたのである。

「こんにちは。……じゃなくて、こんばんはですね」

見知らぬ女性だった。だが、どことなく見覚えがある気がした。派手すぎず、かといって地味すぎない、品のいい顔立ち。染めていない真っ黒な髪が、肩の下で緩く波打っている。

「一昨日《おととい》は、すみませんでした。あのとき、寝起きだったんでしょう？」

鮮やかな色の布と、とびきりの笑顔を思い出した。

「あ、いえ。こんなところで会うなんて、偶然ですね」

くすりと笑われて、失言に気づいた。近所に住んでいるのだから、同じ電車に乗り合わせても何ら不思議はない。

「ごめんなさい、笑ったりして。でも、電車の中でお見かけするのって、初めてじゃないんですよ」

「そうなんですか？」

「少し前に、席を譲っていただいたんです。すぐ降りますから座ってくださいって」

確かに、真ん前の席が空いても、夏輝は座らない。三、四秒黙って立っていれば、近くにいた誰かが代わりに座ってくれる。たまに「よろしいですか？」と許可を求めて座る人もいるから、その場合は「すぐ降りますから」と答えるようにしていた。

「すぐ降りますって言ったのに、結局、同じ駅で降りたんですよね。それで、記憶に残ってて」

ありそうな話だったが、夏輝のほうは全く記憶になかった。だいたい、他の乗客の顔なんて、まともに見ていない。むしろ、席を譲ってもらったくらいで覚えている彼女のほうがめずらしいのではないか。

「すみません。気持ち悪いですよね。一方的に見られてるとか。でも、立ち姿がきれいで、目を離せなくて、つい……」

立ち姿がきれいと言われると、悪い気はしなかった。何より、目を離せないという言葉は、舞台に立つ者にとって最上級の褒め言葉である。

「それに、揺れる電車の中なのに、全然、吊革《つりかわ》持ってないですよね？　うまくバランス取ってるなあって思ってたんです」

どこにもつかまらずに電車に乗るのは、役作りのためだった。原作のゲームで、ポケットに手を突っ込んだまま、列車の屋根の上をひょいひょいと歩いていくシーンがあるのだ。

「サーフィンとかスケートボードとか得意だったりします？　実はプロとか？」

「いや、違います。全然」

にやけてしまいそうで、強く首を横に振った。原作の設定では「趣味はスケートボード」となっている。

「そうなんですか？　絶対、その道のプロだと思ったのに」

はずれちゃった、と残念そうな顔になるのを見て、ますますうれしくなった。第三者の目に「サーフィンやスケートボードが得意そう」に映ったのは、役作りに成功しつつある、ということだ。

「サーファーとかスケーターだったら、もっと日焼けしてると思いますよ。まだ夏前だけど」

「あっ。そういえば、そうですね。自分がインドア系の人間だもんで、日焼けなんて頭に浮かびませんでした」

俺もインドア系です、と言いかけてやめた。それを言ったら、もっとつっこんだ質問が飛んでくるかもしれない。誰がどこで聞き耳を立てているかわからない以上、下手なことは言いたくない。

「インドア系ってことは……ええと、染色？　そういう仕事なんですか？」

「専門は型染めなんですけど、手描きもやってみたくて、あれこれ試してる最中なんです」

さらりと「専門」という言葉が出てくるのが、格好いいと思った。気負うことなく、かといって卑下するでもなく。

ふと見れば、彼女の両手の指先はどれも、うっすら青みがかっている。すぐにピンときた。染料の色だ。藍染め……だったか。それもまた、格好いい。何を作っているのか一目で分かる手、というのは。

「いけない。私、今日は次で降りるんです」

会話がここで終わりだと思うと、急に名残《なごり》惜しくなった。

「私ばっかり、しゃべってしまって、ごめんなさい」

「いや、そんなことないです」

舞台上と違って、気の利いた台詞のひとつも口に出せなかった。それが自分でももどかしい。

「それじゃ、また」

一昨日よりも親しげな笑顔だった。次は俺にもしゃべらせてください、という台詞を思いついたときには遅かった。もう彼女は電車を降りてしまっていた。

しかも、名前すら訊《き》いていなかった。


【七日目】


「次は、大きくジャンプ。ゆーっくり、大きく。ユミちゃん、ゆっくり、ゆっくりね。アヤちゃん、もっと跳べそうだね。ぴょーんって。そうそう」

子供たちに声をかけながら、志乃も大きく跳躍《ちょうやく》してみせる。小さな子供は、飛び跳ねるのが大好きだ。レッスンの最後に跳躍を入れると、「楽しかった」という印象を持ったまま帰宅させられる。

「はい、最後に思いっきり……ジャーンプ！」

わあっ、と歓声が上がったところで、音楽が終わった。

「今日はこれまで。ありがとうございました！」

ありがとうございました、という子供たちの声に、スタジオの片隅にいた母親たちの声がかぶさる。就学前の子供たちのクラスだから、付き添いの親は別室ではなく、同じスタジオ内に待機している。

つまり、一挙手一投足を親たちに監視されているわけで、それを鬱陶《うっとう》しく思うインストラクターも少なからずいるらしい。見られるのが商売の志乃にとっては、どうということもないが。

　自宅から徒歩十分のところにあるスポーツクラブでアルバイトを始めて、もう二年になる。最初は、見学者の案内やマシンのレクチャーをする程度だった。何しろ、公演が近くなると休みがちになるから、その範囲内でのアルバイトのつもりだったのだ。

　そのつもりだったのだが、昨年、スポーツクラブの近所にファミリー向けのマンションが相次いで建設され、急速に周辺の人口が膨《ふく》らんだ。競合する施設がなかったこともあり、大人向けのクラスも子供向けのクラスも大幅に利用者が増えた。

　ただ、スタッフの頭数のほうがそれに追いつかなかった。上司に拝み倒されて、本部の研修を受けに行き、志乃は体験コースのインストラクターになった。体験コースは回数が少ないし、希望者が集まったときだけのものだから、劇団に迷惑をかけずに両立できると考えた。

　ところが、他のインストラクターが風邪を引いたり、急用で欠勤したりするたびに、志乃に代役が回ってきた。本部の研修を受けて資格ができたのと、体験コースのインストラクターをそこそこうまくこなしていたから、頼みやすかったのだろう。

　とうとうこの四月から、就学前の子供を対象にしたリズム体操のクラスを週に二回、受け持つことになった。もちろん、公演と重なったときには誰かに代わってもらうという条件付きで、だったが。

自分でも意外だったが、子供たちに教えるのは楽しかった。早い遅いの差があっても、子供は必ず成長する。教えるということは、その子が「限界を超える」瞬間に立ち会うことだ。楽しくないはずがなかった。

おかげで、劇団の仕事や稽古が重なると、文字通り目が回るほどの忙しさになってしまったが。

今は定期公演が終わって一カ月あまり。残念ながら、たいして忙しくもない。休む暇もないほど体を動かしていれば、いろいろなことを忘れていられるのに、と思う。夏輝のこと、愛璃のこと、そして、雛子のことも。

愛璃から夏輝を奪ってほしい、つまり、二人を別れさせてほしいと依頼して、一週間。ひどいことをしている、という思いは日に日に強くなっていた。

オフィスCATに依頼したときは、夏輝の役者としての未来をつぶされたくない一心だった。トラブルの火種になりかねない愛璃を引き離したい、そう思った。なんという自分勝手な願いだろう。夏輝に頼まれたならまだしも、いや、仮に頼まれたとしても、決して応じてはならない類のことだ。

夏輝のためにやったわけではない。自分のためだ。自分が叶《かな》えられない夢を託したといえば聞こえはいいが、要するに夏輝に便乗したいだけ。多少なりともその実現に手を貸したと思いたいのだ。

言い訳はしない。自分はひどい人間だ。

『二度目の接触も、うまくいきました』

三日前、雛子からのメッセージがスマホの画面に表示されたときには、罪悪感に苛《さいな》まれた。それでも、依頼を取り下げようとは思わなかった。

『このまま進めてもよろしいでしょうか？』

もういいです、お金は払いますから、もう止めてください……。そう答えるのが正しいとわかっていた。なのに、志乃の指は『お願いします』と入力してしまっていた。

『了解いたしました』

わずか八文字。それで、引き返せなくなった。罪悪感は増しているのに、たいして後悔していない自分がいた。

【八日目】

「モリーさん、会いたかった！」

御茶ノ水駅の改札口で顔を合わせるなり、愛璃は大げさに抱きついてきた。

「どうしたの?」

内心の後ろめたさを押し隠して、志乃は心配そうな声を出した。いや、心配なのは本当だ。演技ではない。

愛璃から『今日の十二時ごろ、空いてますか?』とLINEが入ったのは、ほんの三時間前だった。愛璃の誘いが唐突なのは、いつものことだから、そこは心配していない。

引っかかったのは、文面が「ランチに行きませんか?」ではなく、「空いてますか?」だったこと。愛璃は、目的を伏せた誘い方をしない。必ず、何に誘っているのかを先に書いてくる。今回のように、時間帯から目的が推測できるような場合であっても、だ。

『行き先言わない誘い方って、イラッときません? 気分的にしんどいから映画は行きたくないけど、お茶だけならOKとか、そういうのあるじゃないですか。忙しいからって断ったら、ムリしてでも行きたい店だった、とか。先に言えよって』

愛璃自身がそう言っていたのを覚えている。だから、心配になった。店を選ぶ余裕がないほど思い詰めているのではないか? 相談に乗ってほしいことがある、と書けないほど深刻な悩みがあるのではないか？　もっとも、それを心配する資格が自分にないことくらい、わかっている。

「何かあった？」

「あ、わかります？」

「わかるって。らしくないもの。相談……なんだよね？」

「モリーさんってば、すごい。それも、わかっちゃうんだ」

選んだ駅がＪＲ御茶ノ水。地下鉄の乗換駅でもあるから、人が多い。複数の大学があって愛璃と同年代が多いから、うまく埋もれることもできる。加えて、愛璃の活動拠点である神田のライブハウスも、バイト先である秋葉原のコンセプトカフェも一駅で行ける。

「とにかく、どっかお店に入ろ。この辺なら、愛璃のほうがくわしいよね？」

愛璃との「ランチ」で使う店は、決まってスマホの充電ができるカフェだった。やや単価が高く、フードメニューも限られているが、電源が使えて長居しやすい。時には、二人してＳＮＳでのＰＲ活動に励んだりもする。その手の店は、たいていフリーＷｉ－Ｆｉが使えるから、通信費の節約にもなる。

「どうしたの？　また困った客でもいた？　それとも、メンバーの誰かと揉《も》めたりしたとか？」

コーヒーを口に運びながら、不自然にならない程度に低い声で尋ねてみる。あからさまに声を低くしないほうが、周囲の注意を引かずにすむ。もちろん、夏輝の名前は出さない。

「ナツ先輩のことなんです」

志乃の配慮を愛璃はいっぺんにぶち壊してくれた。「夏輝先輩」ではなく、「ナツ先輩」と言っただけで、愛璃としては十分《じゅうぶん》に気を使ったつもりなのかもしれないが。

「なんか……変なんですよね」

内心の動揺を押し隠して、志乃は次の言葉を待つふりをした。

「うまく言えないんですけど。いやぁな感じっていうか」

夏輝に接近する「別の女」の存在に気づくには、早すぎる。雛子はまだ二回しか夏輝と接触していないはずだった。

「いやな感じって、どういうこと？」

「うーん。なんていうか……」

ナッツ入りのスコーンを半分に割る手が一瞬、止まる。皿にナッツがばらばらと零《こぼ》れ落ちる音に「チョクデン」というつぶやきが紛れて聞こえた。すぐにその音は志乃の脳内で「直電」の文字に変換された。

「それのどこがって言われると、説明に困るんですけど。一昨日、違うな、三日？　四日前だったかも。とにかく、メッセ送ったんですよ。午前中に。でも、ずーっと返事こなくて。まあ、忙しいんだろうな、しょうがないよなって思ってたんですよね」

愛璃によれば、夜になって夏輝から電話がかかってきたという。ほぼ丸一日、放置したことへの謝罪だったらしい。

「そっか。愛されてるじゃない」

後ろめたさが、志乃の口調を殊更に軽くした。ですよね、思い悩むようなことじゃありませんよね、と愛璃に言ってほしかった。

「直接謝ってくるとか、夏輝らしいよ。ちょっとスルーしただけなんでしょ？」

「逆ですよ、逆！　ちょっとスルーしただけで謝るとか、おかしいじゃないですか。稽古中にスマホ見らんないことくらい、私だってわかってるのに」

「そう……なんだ？」

「ですです。謝るくらいはするかもしれないけど、それだって、わざわざ直電なんてしないですよ。ごめんって一言、メッセすればすむ話です。なんで、直電？　なんで、そこまで謝る？　絶対、おかしいです」

カレシカノジョの間柄なのだから、直接謝るのは当然に思えたが、愛璃にとっては、そうでもないらしい。

「何か、後ろめたいことでもあるんじゃないかって」

一瞬、ひやりとした。まさに、今の志乃は後ろめたさの塊《かたまり》である。

「考えすぎじゃない？」

えーっ、と愛璃が不満そうな表情を浮かべる。

「これって、女がいるパターンじゃないですか」

「まさか。だって、そんな暇があるわけないよ。即レスできないくらい、忙しいってことなんじゃないの？」

「でも、直電ですよ？　即レスできないくらい忙しい時期に。おかしくないですか？」

「別におかしくないと思うけど。初日が近くなると、メンタルが不安定になるじゃない。そういうときって、カノジョの声を聞きたくなったりするんだよ、きっと」

これで納得して、と祈るような気持ちになる。愛璃がこんなにも勘がいいとは思わなかった。

「モリーさん、この後、予定ってあります？」

　またも愛璃らしからぬ質問だった。目的を伏せたままで予定を尋ねるやり方を愛璃は嫌っていたはずなのに、と思う。だが、答えないわけにはいかない。志乃がしぶしぶ「何もないけど」と答えると、愛璃の顔がぱあっと明るくなった。

「ナツ先輩の様子、見に行きたいんですけど。いっしょに来てくれませんか」

「えっ？　今から？」

「違いますって。今から行ったって、留守ですよ。ナツ先輩、稽古場だろうし。私もこの後、オーディションあるし」

「夏輝がいる時間に押しかけるわけ？　夜中に？　迷惑だよ、それって」

「夜中ってほど遅くならないですよ。差し入れとか持って、パッと行って、サッと帰ってくればいいわけでしょ？」

　玄関先で引き返したとしても、顔を出せば夏輝の集中を乱すことになりかねない。

「私一人で先輩の部屋に行ったりしたら、ヤバいじゃないですか。でも、モリーさんがいれば、誰に見られたってオッケーでしょ？」

「それはまあ、そうなんだけど」

「それに、二人で行けば応援っぽくて、いい感じだと思いません？　さっき、モリーさんも言ってたじゃないですか。初日が近くなると、メンタルも不安定になるって」

迂闊《うかつ》なことを言ってしまったと後悔したが、もう遅い。

「じゃあ、夕方、また待ち合わせってことで。私、今から、ちゃちゃっとオーディションを片づけてきますんで」

困ったことになったと思った。


雛子との連絡にはLINEを使うのが常だったが、話が長くなりそうな今回は、電話にしようと思った。

LINEは短いやり取りには便利でも、長い文章となると読みづらくなる。何より、志乃自身が長々と言葉を綴《つづ》るのが得手ではなかった。

『今、直電しても大丈夫ですか?』

電話をするのにSNSで許可を得るというと、志乃より少し上の世代は仰天する。だが、SNSでのやり取りが「デフォ」になっている世代にとっては、相手がどういう状況なのかもわからないのに、いきなり電話をかけるのは抵抗がある。さほど親しくもない間柄なら、なおさらそうだ。

だから、ちょっとした謝罪のために直接電話をかけてきた夏輝に対して、愛璃が違和感を覚えたのは理解できる。些《いささ》か神経質になりすぎていると思わなくもなかったが。

ただ、それを一足飛びに「女がいる」と結論づけるとは思わなかった……。

志乃の送ったメッセージに既読の文字がついた直後、画面が雛子からの通話に切り替わった。

『志乃さんですか？』

いきなり雛子が通話に切り替えたのは、少しばかり意外だった。折り目正しい言動と、了承の返事を送るのを省いて電話するという手っ取り早い方法とが結びつかなかったのだ。

『何かありましたか？』

ささやきにも似た話し方である。そういうことか、と思った。おそらく、雛子は今、通話しづらい状況なのだろう。だが、志乃に何かあったと思ったから、それを曲げて電話をかけた。

「すみません。手短に言いますね。Aに気づかれたみたいです」

イニシャルだけでも雛子には通じるはずだ。用心して、名前は出さなかった。立ち去ったと見せかけて柱の陰から様子をうかがう、という場面は芝居でもよくある。

『私の存在が？　それとも、あなたの動きが？』

「前者です。確信はないみたいですけど、何かおかしいって。三日前だか四日前だかに、彼が直電してきて……」

立ち聞きされても構わない言葉で状況を説明するのは難しかった。雛子が沈黙している。やっぱりLINEを使うべきだったかもしれない。

『四日前ですか？　ちょっと早いですね』

ちゃんと理解してくれていた。短い言葉だったが、それがわかった。

「彼女、妙に鋭いところがあるんです」

『わかりました。こちらも慎重に行きますね』

それから、と志乃は声をひそめた。

「今夜、彼女と二人で彼のところに行きます。いっしょに来てほしいって頼まれたんです」

『状況はわかりましたので、時間などの詳細は、LINEでいただけますか？』

「すぐに送ります」

情報感謝します、という短く低い声とともに通話が切れた。

＊

まるで、帰宅するのを待ちかまえていたかのようだった。上着を脱いで、スマホを充電ケーブルにつないだところで、メール着信のバナーが表示された。愛璃だ。

『こんばんは。今から差し入れ持ってっていい？』

LINEと違って、マネージャーとの連絡に使っているメールの通知まで切るわけにはいかない。しかも、愛璃には返信が遅れたことを謝ったばかりである。あれから四日しか経っていないのに、またまた「スルー」するのもはばかられた。

困ったことになった。ため息をつきつつ、メールを開く。といっても、たいした分量ではなかった。もともと愛璃は長文のメールを好まない。

『渡したらソッコー帰るから。それと、モリーさんもいっしょだよ！』

モリーがいるならいいか、と思った。彼女なら、たとえ愛璃が渋っても、さっさと切り上げてくれるだろう。

いいよ、とだけ、たった三文字のレスポンスを返すと、夏輝はその場に腰を下ろした。疲れていた。愛璃たちがやってくるまで、何もしたくなかった。

今日の稽古は大変だった。夏輝の見せ場となるシーンが大幅に改変されたのである。

もちろん、稽古中に台詞や所作が変わるのは、よくあることだ。実際に演じてみたら、客席から見えにくくなりそうだとか、今ひとつパッとしないとか、様々な理由で修正が入る。

ただ、今回は台詞のほぼすべてが変更になった。「それまで険悪だった仲間と共闘する」だけのシーンだったのが、「その仲間が途中で負傷し、動けなくなった仲間を守りながら戦う」というシーンに変わったためである。

そこまでの変更となれば、殺陣《たて》も変わる。台詞の変更以上に、殺陣の変更のほうがアンサンブル・メンバーとの兼ね合いもあって難しい。

その難しい変更を、夏輝以外のメンバーは当然のようにこなしている。そもそも、大幅に変更されたのは、夏輝が登場するシーンだけではないのだ。振り返れば、台本《ホン》読みの時点で、結構な数の修正個所が発生していた。

なのに、誰一人、戸惑う様子もなければ、不満を口にしたりもしなかった。誰もが淡々と新たな台詞を覚え、所作を飲み込んでいく。その光景に、打ちのめされる思いだった。自分だけが不器用で、物覚えが悪いような気がした。

沈み込む気持ちが顔に出ないように、へこんでいるのを悟られないように、明るく振る舞うのは骨が折れた。だが、アトリは「子犬のように好奇心旺盛で、明るい」という設定だ。キャラクターにそぐわない顔を稽古場でさらしたくなかった。

そんなわけで、今日はいつも以上に疲れていた。愛璃にも、申し訳ないがモリーにも会いたくなかった。疲れている自分を見せたくない。心配させたくないからではない。なぜ疲れているのか、その理由を悟られたくなかった。

自分以外の全員が天才に見えた、なんて。みっともない……。

壁に背中を預けて目を閉じる。壁と床の冷たさが心地よい。周囲の音が吸い取られるように消えていく。穏やかな眠りに身をゆだねようとしたところで、インターフォンが鳴った。

貼りついたように動かない瞼《まぶた》をこじ開け、立ち上がる。寝入りばなを叩《たた》き起こされた苛立《いらだ》ちと、メールを返信してから五分と経っていないことへの腹立ちと。

夏輝からの返信が来たら、即座に行動を起こせるようにと、近所のコンビニあたりで待ち構えていたに違いない。主犯は愛璃のほうだろう。夏輝が断りづらくなるように、モリーを引っ張り出したのだ。

インターフォンの通話ボタンを放置したまま、玄関のドアを開けた。どうせ、あの二人だ。こんな時間に郵便配達員は来ない。

「こんばんは。差し入れの配達でーす」

NHKの集金人という可能性があることを、ドアを開ける瞬間に気づいて焦《あせ》ったが、幸いにも違っていた。そこにいたのは、紛れもなく愛璃とモリーだった。

はい、と差し出された白い袋を片手で受け取る。感じの悪い動作になってしまっているのが自分でもわかる。おかしいな、なぜだろう、と考えた直後に答えが出た。左手がドアノブをつかんだままだった。これでは、右手しか自由に使えない。体の右半分だけを使うというのは、横着で横柄なキャラクターを演じるときの動きだ。

愛璃の視線がすばやくドアノブと夏輝の背後とを行き来した。部屋に上がり込む気満々、と言わんばかりの動きに、夏輝はうんざりした。面倒くさい、と思った。思った自分を嫌悪した。

「ねえねえ、聞いて」

夏輝の心中には全く気づいていないのか、或《あ》るいは気づかないふりをしているのか、愛璃は一方的にしゃべり始めた。

「電柱マニアの中国人がいたんだよ。たった今！　すぐそこ！」

「中国人？　電柱？　なんだそりゃ？」

「だって、電柱入れて自撮りしてたんだもん。一本一本。こうやって」

愛璃が自撮り棒を掲げる仕種《しぐさ》をしてみせる。棒を持っていなくても、手と視線の動き、頭の傾きだけで「自撮り棒とスマホを使った撮影」とわかる辺り、たいしたものだ。そこだけは、素直にそう思った。

「あれ、絶対、中国人観光客だよ。バカみたいに大きなスーツケース引きずってたんだけど、昼間、舞浜行ったってのが丸わかりの袋持って、耳つきの帽子かぶってた。マンホールのふたをインスタに上げる人は聞いたことあるけど、電柱もそんなノリなのかな？　どっちも理解不能だけど」

口を挟む隙を与えない勢いでしゃべり続けているのは、「こんな時間に立ち話は近所迷惑だから」という言葉を夏輝から引き出すつもりなのだ。夏輝が根負けして「あがってけば？」と言わざるを得ない流れを作るために。

ところが、その流れが変わった。予想外の方向から助け船が出されたのである。

「愛璃。近所迷惑だよ」

モリーが愛璃の肩に手を置いた。そこまでにしなさい、とでも言うように。

「疲れてるのに、ごめんね。私たち、もう帰るから」

「悪い。寝落ち寸前でさ」

安堵感で顔の筋肉が緩んだ。気心の知れた同期生のありがたさを嚙《か》みしめる。

「差し入れ、ありがとな」

「うん。ゆっくり休んでね」

まだ不満そうな表情を浮かべている愛璃の背中を「ほら、帰るよ」と叩きながら、モリーが回れ右をした。愛璃がしぶしぶといった様子で歩き出したところで、ドアを閉めた。内鍵を掛け、いつもは放置しているチェーン錠まで掛けた。

再び眠気が押し寄せてくる。白い袋をとりあえず冷蔵庫に入れて、ベッドに直行した。スマホのアラームを確かめると、服のままで倒れ込んだ。

目を閉じたところまでしか、覚えていなかった。

*

「なんで、あんな嘘をついたの?」

思わず詰問口調になった。

「嘘って?」

「電柱といっしょに自撮りしてた……」

「ああ。嘘なんかついてないですよ」

すました顔で愛璃は言ったが、電柱の前で自撮り棒を手にしていた女性を見かけたのは、「たった今！」ではなく、だいぶ前だった。場所も、「すぐそこ！」ではない。愛璃のオーディションが行われた貸しスタジオから最寄り駅へ向かう途中である。

「ちょっと盛りましたけど」

「それ、嘘ってことでしょ」

だって、と愛璃が不満げに言った。

「自分ちとは全然違う場所の話なんて、どうでもいいじゃないですか。疲れてるときにそんなの聞かされて、楽しいと思います？」

「そりゃそうだけど」

「まあ、今回は不発でしたけどね。ナツ先輩の反応、ビミョーだったし」

それは仕方がないだろう。夏輝が疲れているのは、一見しただけでわかった。いや、ドアを開ける前からわかっていた。連日の稽古、それも気心の知れた仲間たちとではなく、初対面の役者に囲まれて、である。気疲れしないはずがなかった。

それでなくても、夏輝が出演するのは、ゲームを原作とした舞台である。原作に切った張ったが多いのだから、舞台もそうだろう。殺陣は体力だけでなく、集中力も要求される。愛璃が何と言おうとも、訪問は控えるべきだった。

「これで気が済んだよね？　心配するようなことは何もなかったわけだから。もう、押しかけるような真似《まね》はしちゃだめだよ」

「何言ってんですか！　心配になることだらけでしたって！」

「そう……なの？」

　愛璃が力強く首を縦に振る。

「でも、玄関先には夏輝の靴しかなかったよ？」

「なあんだ。モリーさん、そんなの見てたんですか？　意味ないです、それ。靴なんて、どこにでも隠せるじゃないですか」

「じゃあ、どこ見てたの？」

「どこも見てませんよ。あ、ナツ先輩の顔は見てましたけど。だって、視線を外したら、感じ悪いでしょう？　部屋の中をのぞき込んでるみたいだし」

　視線の行き先をごまかすのは難しい。愛璃に言われるまでもなく、舞台に上がった者なら、誰もが知っていることだ。ただ、それでも志乃は見ずにいられなかった。

　夏輝のスニーカーの横に、華奢な靴が並んでいたりしないかどうか。室内に、人がいる気配はないかどうか。

　その両方があってもおかしくはない。雛子は、夏輝との接触に成功したと報告してきた。それは、志乃自身が依頼したことだ。なのに、落ち着かない。気になって仕方なくて、ついつい夏輝の背後へと視線を向けてしまった……。

「ナツ先輩、めっちゃめちゃ疲れてましたよね。だったら、なんで断らなかったんですか？　わざわざメールしたんだから、そこで断ればよかったのに。寝落ちしたふりして居留守使うとか。こっちは差し入れ届けに来ただけなんだから、返事がなかったらドアの前にブツを置いて帰りますって」

それは愛璃だからできることなのではないか？　「今から行っていい？」というメールにノーと答えることも、インターフォンが鳴っても出ずにいることも、志乃にはハードルが高い。

いや、そんなふうに考えるのは志乃だけで、夏輝は違うかもしれない。曲がりなりにも「つきあっている」愛璃のほうが、単なる同期にすぎない志乃より、夏輝のことをより正確に理解しているはずだ。

その愛璃が眉根を寄せて言った。

「らしくない。全っ然、ナツ先輩らしくない」

あんたに何がわかるの、と口走りそうになって、志乃は戸惑った。自分よりも夏輝のことを理解しているであろう相手に、投げつけていい言葉ではない。

わかっているのに、押さえつけるのに苦労している。それが、ますます志乃を戸惑わせていた。

【九日目】

「また会えましたね」

名前も知らないその人は、笑顔でそう言った。「また会いましたね」ではなく、「会えましたね」なのが妙にうれしい。

「いつも、この電車なんですか？」

「この時間が多いっちゃ多いですね。毎日ってわけじゃないけど」

あっさり答えた自分に驚いた。他の相手に同じ質問をされたら、別の時間帯の電車に乗っていると答えるだろう。むしろ、この前と今日は例外なのだと強調していた。

「じゃあ、残業しなかったら、昨日もいっしょだったんだ……」

「残業？」

「非常勤で講師やってるから」

「もしかして、美大とかの先生なんですか？」

「いえ、予備校です。美大受験のための」

予備校と言われて、それでこの時間なのかと納得した。大学ならば授業は昼間だから、もっと早い時間帯に帰宅しているはずだ。進学塾や予備校は、夜遅くまで授業をしている。

だったら、昨日もこの時間に帰ればよかったと思った。稽古場として使っているスタジオの空調設備が故障したために、昨日は早上がりになった。疲れていたから、寄り道もせずに帰った。それが仇《あだ》になった。もしも、誰かと食事にでも行って、帰りが遅くなっていたら、愛璃とモリーの訪問はなかった……。

そんな身勝手なことを考えた自分に嫌気が差した。わざわざ電車に乗って差し入れを持ってきてくれたのは、それだけ二人が自分を心配してくれているということ。なのに、ありがた迷惑だと感じてしまい、二人を玄関先で追い返すような真似をしてしまった。

そういえば、目の前の彼女もまた白い袋を手首に引っかけていた。昨日、愛璃たちが持ってきた袋とよく似た大きさだが、別の店のものだ。持ち手の紐《ひも》の色が違う。中身も見ずに冷蔵庫に放り込んだ袋のことを頭から追い払いたくて、夏輝は何か楽しい話題はないかと考える。

「今日も次で降りるんですかって顔してますね」

的外《まとはず》れなことを言われて、安堵した。自己嫌悪を表に出さずにすんだ。

「あれ？　違いました？」

「いや、もしかして、近道でもあるのかなって。次の駅から、うちの近所まで」

不動産屋の広告に書かれていた最寄り駅より、もっと便利なルートがあるというのはよくある話だ。徒歩での時間が同じでも、電車に乗る時間が短くてすむとか、商店街を通って帰れるとか。

まあ、普通に考えれば、友人の家、いや、カレシの部屋に寄るために途中下車した、といった理由だろうが。

「ここ、セントーがあるんですよ。近道じゃなくて」

「えっ？　セン……？」

「銭湯。お風呂屋さん。自宅の浴室、作業場にしちゃってるもんだから。それで」

これ、もう一回、ごしごし洗うんです、という言葉を思い出した。あのとき、彼女は、ベランダをすっぽり覆うほどの布を手にしていた。

「あんなデカい布を洗うんだったら、洗面所は狭いよなぁ」

「ベランダが広ければ、そっちで洗うんですけど。うちのベランダ、狭くて盥《たらい》を置けないんです」

にわかに親近感が湧いた。型染めをやっていると聞いたときには、ただただ「格好いい」と思った。その彼女が、予備校の非常勤講師をして食いつないでいて、狭いベランダしかないような部屋に住んでいる……。

「他にも、道具とか、いろいろ置きっぱにしてるから。作業中は銭湯通いなんです」

「わざわざ電車に乗って？」

「途中下車だから、そういうわけでもないけど。あ、予備校ない日はわざわざってことになるのか」

不意に彼女が指を折って何か数え始める。

「いやだ。入浴料と交通費、けっこうかかってる」

「計算してなかったんだ？」

「……忘れてた」

肩を落とす仕種がかわいらしい。

「ベランダが広いとこに引っ越したら？」

「それも考えてたんですよね。でも、引っ越し費用も馬鹿にならないし」

それに、と彼女が言いかけたところで、電車が速度を落とし始める。

「こんな素敵なご近所さんがいるのに」

からかっている口調ではなかった。添えられた笑顔も、心からのものであるように見えた。社交辞令ではないと信じたくなる。

電車が停《と》まった。前回よりも、くだけた口調で「またね」と言われて、気づいた。

また名前を訊けなかった。

［十一日目］

話があるからと、直属の上司である主任インストラクターに声をかけられたのは、レッグプレスを終えて、レッグカールに取りかかろうとしたときだった。

利用者が帰った後、点検作業もかねて三十分だけ、マシンを自由に使える。今日は集中的に脚を鍛えるつもりでいた。この時間が志乃には楽しみだった。

スイミングのインストラクターも、やはり誰もいなくなったプールで思いっきり泳げるのが楽しみだと言っていた。早番よりも遅番のほうが人気が高いのは、朝寝坊したいという後ろ向きな理由ばかりではないようだ。

「森井さん、もう一クラス、持ってもらえないかなあ？」

フロアの片隅に設けられている休憩スペースの椅子に腰を下ろすなり、上司はそう切り出した。

「今のクラスの他に……ってことですよね」

「うん。ちっちゃい子たちだけじゃなくて、小学生も見てもらえないかなって」

「低学年ですか？」

　小学生のクラスは、一年生から三年生までと、四年生から六年生までの二クラスに分けられている。

「どっちでもいいよ。好きなほうで。やりやすいのは、低学年かもしれないけど、森井さん、大きい子を教えるのも上手だよね」

　このところ、四年生以上のクラスのインストラクターが体調を崩していて、志乃が立て続けに助《すけ》っ人《と》に入っていた。

「上とも話したんだけど、幼児クラスだけじゃ、もったいないなって思ってさ。森井さん、教えるの好きでしょ？」

「それは……そうですけど」

「やっぱり、劇団との両立が難しかったりする？」

　難しくはない。今の状況なら、一クラスくらい増えたとしても両立できる。他の劇団にゲスト出演することもなく、定期公演にだけ出演するという今の状況がこれからも続いていくのであれば。

「少し、考えさせてください」

即答は避けた。この話を受けるということは、役者として先がないと認めるようなものだ。まだ、あきらめたくなかった。いつか、どこかで「大化け」する自分を信じているわけではない。けれども、演劇から離れる自分を想像したくなかった。

「もちろん、急ぐ話じゃないよ。ただ、森井さんが助っ人やったクラスはどこも、次の週の出席率がいいんだよね」

うつむきかけていた志乃は、思わず顔を上げる。その話は初耳だった。

「それって、生徒さんが森井さんを評価したってことだから」

できた、と飛び跳ねて喜ぶ子がいた。できた自分が信じられないのか、目を丸くする子がいた。限界を超える姿を見るのは、いつも楽しい。そして、自分もまた評価されたと知れば、なおのこと。でも……。

「ま、そういうわけだから、考えてみてよ。できれば、いい返事が聞きたいな」

［十二日目］

『Aさんの件でご相談したいので、お目にかかれませんか?』

その通知がスマホに表示されたとき、志乃は少なからず違和感を覚えた。ほんの数分前まで、雛子とは直接通話していたのである。なぜ、そのときに直接、そう言わなかったのか。

そもそも、通話にしても、突然だった。事前にＬＩＮＥで了承を求めることなく、いきなりかかってきた。志乃が夜型の生活をしているのは、話してあるとはいえ、二十三時台の通話は非常識だろう。それを敢えて行なう理由がわからない。

訝《いぶか》りながらも通話に応じ、日付が変わるまで話をした。雛子は、愛璃について、立て続けに質問してきた。予想外に油断のならない人物だったから、と。

もちろん、住所や生年月日といった個人情報は漏らしていない。幸い、そこまでは訊かれなかった。雛子が質問してきたのは、劇団の活動以外で愛璃と会う頻度はどれくらいか、どんな店を利用しているか……といったことに終始した。

言われて気づいたが、このところ、愛璃とよく会っていた。明日もランチの約束をしている。愛璃は「ナツ先輩のことを相談できるのはモリーさんだけだから」と言っていたが、今週はほぼ毎日だ。さすがに、これは多い。

ただ、夏輝と別れさせるべく画策している後ろめたさから、愛璃の誘いを断りきれなかった。

『明後日は終日バイトなので、明日の夕方でもいいですか？』

明日はスポーツクラブの休業日だった。一方、愛璃のほうは午後からライブのリハーサルがあると言っていた。ランチも早々に切り上げることになるはずだ。

ところが、即座に『明日の夕方は別件があるので……』と返ってきた。

『午後二時でいかがでしょう？　お時間は十五分程度です』

明日、昼時に愛璃と会うことを雛子は知っている。さっき、話したばかりだった。なのに、午後二時を指定してくる無神経さに、志乃は腹立たしさを覚えた。無理です、と断ってしまおうかとさえ思った。

いや、雛子は志乃たちの明日の予定を知っている。だからこその時間指定かもしれない。

平日昼時の飲食店は長居しづらい。どうせ、一時間程度でお開きになるだろうから、午後二時の待ち合わせでも問題はないはず、中途半端に時間を持て余すよりいい……と考えた、とか。

『わかりました』

『明日じゃなくて、もう今日ですね』

『ですね。日付、変わりましたから』

『こんな時間まですみません。では、今日の午後二時に』

『また日暮里でいいですか？』

『ざわついたお店のほうがいいので、ファミレスではなくてファストフードにしましょう』

続けて、ファストフード店の位置情報が送られてきた。了解です、と入力しつつも志乃は首を傾《かし》げる。その店は日暮里ではなく、上野だった。

[十三日目]

このところ、すっかり常連となりつつある御茶ノ水のカフェで、正午ちょうどに待ち合わせた。スマホの充電をしつつ、コーヒーとシナモンロールの昼食をとり、ひとしきり愛璃の愚痴を聞いてやった。

「なんか、メールのレスがどんどん遅くなっていくんですよね。んでもって、どんどん短くなってる」

「メールなんだ？　LINEじゃなくて？」

「だって、この先、ナツ先輩がブレイクして、私とのトークが流出したりしたら困るでしょ？」

「最近は、LINEもセキュリティ対策強化してるみたいよ？　前と違って、機種変のとき、いろいろ面倒くさくなったし」

「でも、メールボックスにロックかけるのが最強ですよ。ナツ先輩、そういうの全然やってないから、私が教えたんです」

少しばかり、愛璃を見直した。客の男に「家バレ」するくらいだから、SNSの管理も杜撰《ずさん》だろうと決めつけていたが、そうでもなかったのかもしれない。

だとしたら、悪いことをしてしまった。二人を別れさせたかったのは、愛璃経由で交際が発覚しかねないと思ったからだ。愛璃が慎重に行動してくれるのであれば、二人の邪魔をする必要なんてなかった。

本当に？　本当に邪魔しなかったって言える？

「モリーさん？　どうかしました？」

「ううん。なんでもない」

浮かび上がりかけた考えを追い払う。

「それより、そろそろ撤収したほうがよくない？」

店内を一瞥《いちべつ》して、がっかりした顔で出て行く客が続いている。空《から》になったカップと皿を前にして居座るのも限界に近い。

まだ話し足りない様子の愛璃だったが、「リハに遅れるよ」との一言であっさり席を立った。本番だけでなく、リハーサルも余裕をもって現場に出向く。愛璃のそういうところに、志乃は好感を持っていた。

店を出る前に、交代でトイレに行くと、それだけで結構な時間を食ってしまった。この手のカフェは個室が少ないから、先客が一人いるだけで待たされる。早めの行動を心がけて正解だった。

電源プラグを抜き、充電ケーブルを巻いてバッグに放り込む。これで一時ジャストだ。上野での待ち合わせには、余裕をもって行ける。

さらに、志乃があらかじめ計算していた所要時間が大幅に短縮されることになった。御茶ノ水駅の前で、愛璃が「私はここで」と言い出したのだ。

「あれ？　今日は駅じゃないの？」

「たいした距離じゃないから、歩きで行きます」

ライブハウスのある神田まで、御茶ノ水から一駅ではあるが、歩けば二十分近くかかるのではないだろうか。

「荷物あるのに？」

コスチュームやメイク道具が入っているのだろう、愛璃は旅行用のカートを引いていた。

「逆です。荷物あるから。こないだ、カート引いて山手線に乗ったら、思いっきり突き飛ばされちゃって」

あのクソオヤジ、と愛璃は顔をしかめた。確かに、カートというだけで目の敵《かたき》にしてくる人々がいる。志乃も以前、ぶつかったわけでもないのに、通りすがりの高齢男性にあからさまに舌打ちをされた。そういうことがあった直後なら、電車を避けたくなる気持ちもわかる。

「そっか。大変だったね」

「まあ、節約にもなるし」

てっきり愛璃は中央線で神田に向かうものと思っていたから、新宿方面に向かうふりをして、途中の駅で引き返すつもりだった。行き先が上野だと知れば、愛璃は興味津々で用向きを尋ねてくるに違いないと思ったのだ。

これで、ややこしいことをせずに上野駅へ向かうことができる。駅前の交差点で愛璃と別れると、志乃はまっすぐに千葉方面行きのホームへと向かった。

秋葉原駅で総武線を降り、山手線か京浜東北線に乗り換えようと考えたところで、バッグから振動が伝わってきた。メールやＬＩＮＥのトークではなく、通話を示す振動のパターンである。誰が掛けてきたのか、スマホを取り出す前からわかった。雛子しかいない。

『皆実です。すみません。今、お一人ですか？』

ここは「今、お電話いいですか？」だろう。このところ、妙に雛子のマナー違反が目につく。

「そうですけど。二時に上野ですよね？」

『すみません。場所の変更をお願いしたくて』

「今からですか？　もう電車乗っちゃいましたけど？」

そういう変更は早めに言ってほしかった。時間的に余裕があるとはいえ、気分的に不快感が残る。

『あ、電車はそのままで大丈夫です。山手線ですよね？』

実際にはまだ乗り換えていなかったが、志乃は「そうです」と答える。

『そのまま上野を通り越して、日暮里で降りてください』

「え？　結局、日暮里ですか？」

『はい。申し訳ありませんが、最初の打ち合わせで使ったファミレスでお待ちしています』

だったら最初からそうすればよかったのに、と思った。

『それから、待ち合わせの時間を十五分ほど前倒ししてもいいですか?』

「十五分? 一時四十五分ってことですか?」

『そうです。日暮里のファミレスに午後一時四十五分。難しいでしょうか?』

ホームの時計を見ると、一時二十分だった。待ち合わせの時間が十五分早くなっても、何ら問題はないのだが……。

「大丈夫ですけど」

なぜ、場所だけでなく、時間まで変更するのか。わけがわからない。理由も言わずに、あっちへ行け、こっちへ行けとは失礼にもほどがある。人を何だと思っているのだろう。志乃は靴の踵《かかと》を叩きつけるようにして階段を駆け下りた。

ささくれだった気分を落ち着かせるのに、秋葉原から日暮里までの数分間では不足だった。

電車を降りて深呼吸をし、ゆっくりと階段を上り、また深呼吸をした。両手の拳を握りしめて息を止め、三つ数えて息を吐く。本番前の緊張をほぐすやり方を試してみても、まだ落ち着かない。

改札口を出る。気がつけば、追い立てられるような早足で歩いていた。どうしてこんなにいらいらするのか、自分でもわからなかった。

「志乃さん」

ファミレスまであと少しというところで、背後から声をかけられた。さっき、聞いたばかりの声だった。

振り返った志乃は、ぎょっとした。声は雛子のものだったが、姿がまるで違っていた。オレンジ色の髪にブルーのカラーコンタクト。以前会ったときのピンクのスカートではなく、黒いAラインのワンピース。赤いセルフレームの眼鏡もかけていない。いったい何のコスプレだろうと思ったが、口には出さなかった。

「すみません。直前になって、面倒なことをお願いしてしまいまして」

全くだと思ったが、これも口に出さなかった。いいえ、とだけ短く答える。

「もうひとつ、お願いしたいことがあるんですが」

そう言いながら、雛子が足を止めた。

「今すぐ、ですか？」

今度はあからさまに不機嫌な声が出た。今日は五月にしては暑い。屋外で立ち話などしたくなかった。エアコンの効いたファミレスは目の前なのだ。

「すみません。ちょっとした実験なのですが、どうしても必要で」

「わかりました。で、何をすればいいんですか?」

「Aさんに直電してください」

「は?」

「他の相手にかけるつもりが間違えてしまった、という筋書きでお願いします。たぶん、Aさんの声が聞き取りづらいはずです。なので、何度も聞き返してください。できるだけ、大きな声で」

間違い電話を装って、愛璃に直電する。それはわかった。だが、何度も聞き返すというのは? なぜ、愛璃の声が聞き取りづらいとわかるのか?

「急いでください。あまり時間がないんです」

雛子の顔は真剣そのものだった。仕方なく、志乃はスマホを取り出した。

「すぐに……ですよね?」

雛子がうなずく。事前に了承をとることなく、電話しろ、ということだ。志乃はあきらめて連絡先リストを表示させた。愛璃のスマホの番号は不動産屋巡りをしたときに念のためにと交換したが、結局、一度も使ったことがない。この先もおそらく使わないはずだ。かけ間違いでもしない限りは。

呼び出し中のメロディが流れ始める。そういえば、愛璃はリハーサルの最中ではなかったか。出ないかもしれないな、と半ばあきらめかけたところで、『はい？』と低い声がした。

「もしもし？」

何度も聞き返してください、という指示を思い出す。確かに、愛璃の声は低く、聞き取りづらい。

「もしもし？」

『あの……モリーさんですか？』

「もしもーし？　聞こえる？」

雛子がファミレスに入らなかった理由がわかった。これを他の客もいる店内でやってのける度胸はなかった。

「私だけど！　わ、た、し！」

『モリーさんですよね？』

今度は、いくらか明瞭な声だった。聞き返すのは、ここまでだ。これ以上は不自然になってしまう。

「あれっ？　ちょっと待って？　誰？」

『イヤだなあ。モリーさん、間違えてる』

「えっ？　よく聞こえない。もう一回、言って！」

『あ・い・り！』

「もしかして、愛璃なの？」

『ですです』

「ごめん！　間違えた！　今、リハだよね？」

『ですよぅ。ぷんぷん！　って、休憩中ですけど』

目の前で、雛子が大きくうなずいている。もう通話を終わらせてもいいという意味だろう。

「ほんと、ごめんね。じゃあね」

画面の赤いボタンを押し、志乃は大きく息を吐いた。

「さすがです。名演技でしたね」

「それはどうも。それより、解説してもらえませんか」

しかし、雛子は申し訳なさそうな様子で肩をすぼめた。

「すみません。それは、まだ……。結果がはっきりしていないので」

「結果って？」

「それも含めて、後日、ご報告しますので。今日はありがとうございました」

雛子はワンピースの裾を軽くつまんでお辞儀をすると、回れ右をした。その芝居じみた仕種が、またしても志乃をいら立たせた。

しかも、雛子からの奇妙な指示は、それで終わりではなかった。夜になって、またもやおかしなメッセージが入ったのである。

『明日、午後二時から三時までの間、品川駅高輪口方面に近づかないでください』

ため息がこぼれた。わけがわからない。上野、日暮里の次は品川か、と呆《あき》れた。

時期的にもう少し先であれば、理解できなくもない。品川には劇場があるからだ。夏輝が出演する舞台、キミウタの会場だった。

公演が近づくと、舞台の設営や、照明・音響の調整のために、劇場で稽古を行うようになる。その準備期間のことを「小屋入り」と呼ぶ。大がかりな舞台になるほど、当然のことながら小屋入りの期間は長い。

キミウタはそこそこの規模ではあるが、まだ小屋入りには早い。本来ならば、夏輝がいるとは考えにくいのだが、可能性ゼロとは言えなかった。劇場関係者との打ち合わせでもあるのかもしれないし、撮影の類かもしれない。

その場所に近づくな、と言っているのだから、何か仕掛けるつもりなのだろう。しかも、細かい時間まで指定しているということは。

理由を教えてください、と返信した。明日のその時間はスポーツクラブにいるから、雛子の指示は確実に守れる。だが、言われるままに承諾するのは、気持ちのいいものではなかった。

『一種のアリバイ工作とお考えください。詳細については、後日改めて』

まただ。また、はぐらかされた。まだ日暮里でのおかしな行動の理由も説明してもらっていないのに。

先日から感じているいらだちの理由がわかった。クライアントである志乃のほうが立場が強いはずなのに、あれこれと指図されるのが不愉快なのだ。それも、説明らしい説明もなく。

『昼間の件についても、併せてご説明するつもりでおります』

志乃の考えを読みとったかのような一文が追加された。先回りして、不満を封じてきたのかもしれない……。

何か言葉を返したら、負けを認めることになる気がして、志乃は返信しなかった。子供じみているのは、わかっていた。

［十四日目］

「お疲れさま」

電車で乗り合わせたときの第一声が「また会いましたね」ではなくなった。二十三時台の同じ電車の同じ車両に乗る日が続いていた。

ほんの数分間の会話だが、彼女と話した後は気分よく一日が終わるようだった。それで、無理のない範囲で帰宅時間を調整するようになった。

いや、そこそこがんばって調整していた。稽古が終わって即帰りすると早すぎるから、「メシ行きませんか？」とキャストの誰かに声をかけるようになった。

誰もが自分よりも「格上」で、しかも、できあがっている現場に途中から加わったこともあり、何となく自分から声をかけにくかった。とはいえ、声がかかるのを待つだけでは、「次」がなくなる。

図々《ずうずう》しいくらいでいい。アトリは人なつっこくて、ぐいぐい相手の懐《ふところ》に入り込もうとするタイプなのだから、と割り切った。

ただ、だらだら飲み食いすると、今度は電車に間に合わなくなる。それで、「明日に響くとまずいから」と同じ時間に切り上げるようにした。それがかえって良かった。早めに撤収したいのは、誰しも同じらしい。

『もう帰りますってナツが言ってくれるから、便乗できて助かってる』

夏輝と同じく今回から加わった新キャストのサトルが、別れ際にそう言った。以来、サトルとの距離も、ぐっと縮まった気がする。

稽古は佳境に入っていた。来週には初日の幕が開く。台詞の変更は相変わらずだったが、それにも慣れてきた。自分以外の誰もが、易々《やすやす》と対応しているように思っていたが、そうではなかったことも知った。

『俺、思いっきり間違えたよ？』

『みんな、いっぱいいっぱいだから、気づかないって』

『いやいや、絡んでる相手は気づくっしょ？』

『あー。言われてみたら、顔、ひきつってたわ』

なんだ、自分だけじゃなかったんだ、と安堵すると同時に、「いっぱいいっぱい」になりながらも、それを全く表に出さずにいる強さに感嘆した。だから、素直にそれを口に出した。

『ナツっちがそれ言ったらイヤミだって』

『だよなー。ニコニコ笑って、ハイハイ言ってたじゃん』

『こいつ、余裕かましてやがるって思ったし』

周囲の目に自分がどう映るか、常に意識しているつもりだったが、実際には把握《はあく》できていなかったらしい。この時期に来て、それがわかって良かった。

同じ電車に乗って帰るという習慣は、夏輝にとっていくつもの収穫をもたらしてくれた。それもこれも、ミナミさんのおかげだな、と思う。

彼女が「ミナミ」という苗字だということは聞き出せた。ファーストネームは知らない。古めかしくて好きじゃないから、苗字で呼んでねと言われて、モリーを思い出した。

うっかり、「劇団の同期に同じこと言ってるヤツがいた」と口をすべらせてしまい、役者だと白状する羽目に陥《おちい》った。道理で、立ち居振る舞いがきれいだと思っていたと言われて、うれしくなった。それで、自然に舞台のことを話題にできた。

会話から嘘が消えて、気が楽になった。ほんの数分間がますます楽しくなった……。

「いやだ。歯磨き粉のにおい、まだ残ってる」

ミナミが顔に近づけた手のにおいを嗅《か》ぎ、眉根を寄せた。

「歯磨き粉って？」

「手についた染料を落とすの。石鹸《せっけん》で落ちなくても、歯磨き粉なら一発だから」

「歯磨き粉で？」

「そう。爪の間は歯ブラシで。印刷のインクとか、ペンキとかも簡単に落ちるよ」

手についたペンキを落とすのに苦労したといえば、高校の演劇部が最後だろうか。人数の少ない部だったから、役の有無に関係なく全員で大道具を作り、背景を描いた。

「ただ、ハッカくさくなるのよね」

そういって、ミナミはもう一度、手を鼻に近づけて顔をしかめた。そういえば、大道具に触らなくなって久しい。今は、数百人規模のハコでの公演を目前に控えている。

遠くへ来た、という言葉が不意に浮かぶ。

「どうかした?」

「あ、いや。高校の劇部、思い出しちゃって」

「ゲキブ? 演劇部のこと?」

「そっか。普通は言わないか」

「美術部のこと、美部っていうの知らないでしょ?」

「知らない。ミナミさん、美術部だったんだ」

「昔々の話だけどね」

「そのころから、プロになりたいって思ってた?」

「思ってたっていうか、別のことをしている自分なんて想像もつかなかったから」

「わかる。ていうか、別のことができるとか思えなかった」

学校の成績は凡庸《ぼんよう》だった。他に特技があるわけでもない。同じことを続けていく以外に、やりようがなかったのだ。

「これって、消去法だな。なんか後ろ向きな感じ？」

しまった、と思った。知り合って日が浅い相手にする話ではない。それも、電車の中の数分間である。いや、数分間だから、話してしまうのかもしれない。もしも、会話が続かなくなっても、気まずくなる前に駅に着く。翌日は何食わぬ顔で「お疲れさま」と言えばいい。

それに、会話が途切れるとは限らない。

「全然、後ろ向きじゃないと思うけど」

その口許《くちもと》に浮かぶ笑みで、彼女が少しも「ドン引き」していないとわかる。

「消去できたから、迷わずに進めたわけでしょう？　私も、そう。消したり、切ったり、捨てたり」

「切ったり捨てたり？」

「そうよ」

何を切って、何を捨ててきたんですか？　それって、冷たくないですか？　自分がイヤになりませんか?

さすがに、それらの問いは口に出せなかった。その前に、電車は速度を落とし、夏輝は言葉を飲み込んだ。

「明日も、がんばってね」

「ミナミさんも」

昨日と同じ言葉で会話が終わる。ホームに降りた彼女が振り返る。手を振ったところでドアが閉まった。

今日もいい気分で一日を終えられたと思いながら、スマホを取り出す。電車に乗る前に、メールと電話の着信通知をオフにしていた。彼女が降りていった後、忘れないように元に戻さなければならない。

設定画面を開き、「通知する」を選ぶ。待ち受け画面に戻すなり、メール着信の通知が並んだ。チケット購入サイトのメールマガジンや電話利用料の明細といったタイトルの中に、事務的ではない文字列を見つけた。気が重くなった。

愛璃からだ。ついさっき、飲み込んだばかりの言葉が口の中で苦く広がる。

それって、冷たくないですか? 自分がイヤになりませんか?

自分から言い出してつきあったわけではない、というのは言い訳だ。つきあっている最中は楽しかった。抑えていたものが解放される快さを味わった。愛璃のおかげで事務所に入り、いくつもオーディションを受けることができた。その恩人を疎《うと》ましく思うとは、恩知らずも甚《はなは》だしい。

それも、オーディションに合格した今になって、だ。しばらく会いたくない、メールの返事も書きたくない、などと口が裂けても言えるはずがなかった。

［十六日目］

雛子とのLINEのやり取りが激減した。『お知らせするほどの動きはありませんが、順調です』という一文で終わる日が続いたせいだ。

お知らせするほどの動きがないと言われてしまえば、順調の二文字もあることだし、重ねて詳細を尋ねるのもどうかと思ってしまう。

実際には、説明してほしいことがいくつもあった。上野へ行けと言っておいて、直前に場所を変更してきたり、間違いを装った電話をかけさせたり、はたまた品川に近づくなと言ってきたり……というあれだ。後日改めてと言われたが、その後日というのは、いったいいつになるのか。

それはともかくとして、愛璃と夏輝の間に不協和音が生じているのは確かだった。

他ならぬ愛璃から、「ナツ先輩のレスが遅い」とさんざん愚痴《ぐち》られているからだ。このまま行けば、遅かれ早かれ、二人は別れそうな気がする。

夏輝が文章を書くのを苦手としていることを志乃は知っている。今時は、役者もSNSのひとつくらい使いこなさないと生き残れない。紙のチラシよりも、画像に短いテキストを添えて、SNSで拡散したほうがPR効果が高い。

その短いテキストさえ、夏輝は苦手意識を持っていた。初日が近づくにつれて、稽古場の風景や、キャスト同士のスナップショットをSNSに頻繁《ひんぱん》にアップしなければならなくなるから、今はそれ以外の文章なんて考えたくもないだろう。たとえ「カノジョ」からのメールへの返信であっても、面倒くさく感じているに違いないのだ。

セキュリティに気を使ったのだろうが、LINEではなくメールにしたのもまずかった。短い単語を連ねればすむLINEと違って、メールはそれなりの長さの文章を要求される。夏輝には、億劫な作業である。

愛璃はそれを知らない。だから、なかなか返信がないことに不安を覚えている。不安だから、またメールを送る、夏輝はますますうんざりする……という悪循環に陥った。そういうことなのだろう。

もしかしたら、愛璃の言っていた「これって、女がいるパターンじゃないですか」

というのは、雛子とは無関係だったのではないか。単に、LINEのやり取りが間遠《まどお》になったのを、「別の女が接近している」と思い込んだだけで。

だとすれば、手付けの一万円を払ってまで依頼を出す必要はなかった。早まったことをしたかもしれない。愛璃が自滅していくのを、ただ待っていれば。それだけで事態が好転した可能性は十分《じゅうぶん》にあった。そこに思い至る前に行動に出てしまった、自分の軽率さが腹立たしかった。

今度こそ依頼を取り下げよう、と思った。手付けの一万円は返ってこないだろうし、いくらかのキャンセル料は取られるかもしれないが、愛璃に対する罪悪感は薄らぐ。

依頼をキャンセルさせてください、と送信しようとして愕然《がくぜん》とした。送信できない。雛子が志乃のアカウントをブロックしているのだ。

いつから？　そういえば、昨日は何の報告もなかった。一昨日は？　そうだ、連絡が来たのは午前中だった。例の「お知らせするほどの云々」という文面を見て、まるで手抜きのコピペだ、朝から不愉快なものを見せられた、と思ったから間違いない。

ブロックされたのは、その直後だろうか。それとも、何かの手違いなのか。

念のために、雛子のアカウントではなく、オフィスCATのアカウントも開いてみた。QRコードの、初めて連絡をとったときに使ったものだ。

「嘘……」

オフィスCATのアカウントは削除されていた。詐欺、の二文字が脳裏をよぎる。いや、違う。詐欺というのは、大金をだまし取る行為だ。

志乃が払ったのは、手付けの一万円のみである。決して大金とは言えないし、わざわざ交通費を使って、二度も三度も夏輝のアパートまで出向いたりしていたのでは、足が出る。

二度も三度も？　本当にそうだろうか？　接触に成功したという報告は何度かもらったが、実際に雛子が夏輝と会ったという証拠はどこにもない。

思わせぶりなことを言って、何らかのアクションを起こしているかのように装い、その実、指一本動かしていなかったとしたら？　愛璃と夏輝が疎遠になったのは、雛子とは無関係だったかもしれないと、たった今、志乃自身も考えていたではないか。

だいたい、行き先を志乃の側から指定したのは、最初の一度だけである。あとは、志乃が雛子の指示に従って移動していた。

上野から日暮里へ待ち合わせ場所を変更してきたあの日、雛子は別の用事で移動していたのではないだろうか。志乃と会うのは、その「ついで」にすぎなかった。何のついでだったか？　たとえば、志乃と同じ手口で金を巻き上げる相手と会うついで、とか。

だまし取るには金額が小さいからと信用してしまったが、適当な文章を送信する「簡単なお仕事」なら、何件でも掛け持ちできる。一件あたりは一万円でも、人数をこなせば結構な金額だ……。

やられた、と思った。振り返ってみれば、怪しいことだらけだったのに。そんなことにも気づけなかった自分が情けなかった。

【十七日目】

ＬＩＮＥの画面が通話に切り替わった瞬間、思わず志乃は身構えた。日付が変わる直前という時間帯だったから、雛子かと思ったのだが、表示された名前は予想もしていない相手だった。

「ナツ？　なんで？」

ひでえ、と苦笑する声が聞こえた。紛れもなく夏輝の声だった。

「だって、この時間だよ？　それに、そろそろ小屋入りだよね？」

小屋入りが近くなると、夏輝の「テキスト書き嫌い」に拍車がかかる。そのせいなのか、スマホでの通話すら億劫がるようになるのだ。

「それとも、何かあった？」

『俺は何もないけどさ。確認の電話っつーか』

「確認って？　何の？」

『もしかして、届いてなかったりする？』

「だから、何が？」

『げっ。マジかよ。配達証明とか、つけるんだった』

「何のこと？」

『チケット。やっぱ届いてないんだ？』

「もしかして、送ってくれてたの？」

ったり前だろ、と呆れたような声が返ってくる。

『ぜんっぜん、何も言ってこないからさ。変だと思ってた。モリーだったら、即レスじゃん』

「届いてない。ごめん」

『モリーが謝ることじゃねーだろ。俺のミスだわ。しくったぁ』

スマホを手に、頭を抱《かか》える姿が目に浮かんだ。配達証明なり書留なりで郵送するには、郵便局まで足を運ぶ必要がある。が、夏輝にそんな余裕などなかったことくらい、志乃にはわかっていた。時間的にも、気分的にも。

『わりぃ。明日、送り直すわ』

「いいよ。チケット、買ってあるから」

『え？』

「ナツの晴れ舞台だよ？　同期の私が買わないとか、あり得ないでしょうが」

『マジ？』

「ちゃんとナツの名前で買ったからね」

芝居のチケットをネットで購入する際には、たいてい、キャストの名前を入力する欄がある。それによって、誰を目当てにチケットを買ったのか、各出演者の集客数が可視化されてしまう。特典やブロマイドの予定数を把握しておくために必要かもしれないが、残酷なシステムだ。

「初日と中日と千秋楽《らく》、全部買うの大変だったんだからね。サイト、激重だったし」

まだ抽選販売が行われるほどの競争率ではないが、一階席は発売開始から数分でふさがった。

『うっわー。めっちゃめちゃ、うれしい。もう、感謝しかない！』

「同期のありがたさ、噛みしめるがいいさ」

『へへーい！』

夜中だというのに、声を出して笑ってしまい、あわてて口を手でふさぐ。隣の部屋から壁を叩かれかねない。激安賃貸物件は壁が薄い。

『ありがとな。すっげ元気出た』

「私のほうこそ、ありがとね。チケット送ってくれて」

『届かなかったけどな』

自分にとって夏輝はただ一人の同期で、特別に大切な仲間だけれども、夏輝はそうではないだろうと思っていた。大きな舞台に出演するのを機に、夏輝は今の劇団からは離れていってしまうだろう、どんどん疎遠になっていくばかりだろう、と。そうならなかった。それが、素直にうれしい。

『実を言うとさ、モリーが激怒してんじゃないかと思ってたんだ。それで、チケット届いてもスルーされたかなって』

「激怒？　なんで？」

『ほら、こないだ。せっかく差し入れ持ってきてくれたのに、追い返すみたいで、感じ悪かったろ？』

「怒るわけないじゃん。こっちが非常識だったのに。やだ、気にしてたの？」

連日の稽古で疲れているであろう夏輝に、無理をさせたくなかった。少しでも休んでほしくて、愛璃を引きずるようにしてあの場を離れた。まさか、それを夏輝が後ろめたく感じるとは。

「気にしなくていいんだよ。ナツは悪くない」

今はただ、稽古に専念してほしい。余計なことに気を取られてほしくない。

「悪いのは、愛璃なんだから。って、フォローになってないか。ごめん。カノジョを悪く言われたら、気分良くないよね」

いや、と夏輝が低く答える。

『愛璃とは、そんなんじゃないから』

「どういうこと？　そんなんじゃないって、つきあってないってこと？」

『ああ、いや。つきあってないわけじゃなくて』

「なあんだ」

『けど、カノジョっていうのも……』

ぼそぼそと夏輝が何かつぶやいた。スマホだからか、はっきり聞き取れない。

「え？　なになに？」

『別れようかなって』

声が出なかった。そうなんだ？　と問いかける声がかすれた。安堵感を悟られたくなくて、志乃は口をつぐむ。

『なんていうか……』

夏輝の声がさらに低くなった。

『押せ押せで来られて、つきあい始めたけど、それが重たいっていうかさ』

そういうことだったのか、と思った。愛璃の口からは、夏輝のほうが積極的だったように聞いていた。なのに、最近、冷たい……と。夏輝の言い分だけを鵜呑《うの》みにするつもりはないが、愛璃はかなり話を「盛って」いたようだ。

『けどさ』

言おうか言うまいか、迷っているかのような沈黙の後、いきなり堰《せき》を切ったように夏輝が言葉を吐き出し始めた。

『なんだかんだ言ってさ、愛璃には世話になってんだよな。俺、愛璃の紹介で今の事務所に入ったし……。今になって別れたいとか、ずるくね？　オーディションに受かったら用ずみ？　そういう目的があったから、イエスって答えたみたいな？　いや、そんなつもりじゃなかったけど、そう思われてもしょうがないっていうか』

「そうだね。ナツはずるいよ」

自分でも呆れるほど、きつい口調になった。夏輝が自分に何を言ってほしいか、わかってしまったから。

「私に言ってほしいんだよね？　別にずるくないよって」

それなりに長いつき合いだ。一番近くにいる仲間だった。だから、夏輝の望む言葉くらい、すぐにわかった。

「もう決めてるんでしょ？　つきあってみたけど、違ってたんだよね？　別れる気満々なんだよね？　私、関係ないじゃん。援護射撃がほしい？　いらないよね、そんなの。自分で決めたんだったら、他人の言葉なんて関係ないじゃん」

かわいくないな、と思う。ここで、夏輝の気持ちに寄り添うような言葉が言えないから、自分は仲間止まりなのだ。永久に。だから、夏輝は愛璃を選んだ。

ああ、そうだったんだ、と泣き出したい気持ちで思った。

なんで、このタイミングで気づくかな、私。ナツが好き、とか。

できることなら、ずっと、気づかないままでいたかった。自分の中にある気持ちが恋心などではなく、夢を託した相手への期待感だと信じていたかった。

夏輝の足を引っ張りかねないから、愛璃を排除しようとした？　違う。ただの嫉妬だ。二人がつきあっていると聞いて、嫉妬したのだ。

『かっこわる……』

ため息交じりの言葉が耳に痛い。夏輝は自分自身を指して言っているのだろうが、それは志乃も同じだ。かっこわるい、と声に出さずに志乃もつぶやく。

『ごめんな。モリーの言うとおりだわ。悪かった』

「さっきのナツはずるかったけど、悪かったって言えるナツはずるくないよ。かっこわるくもないよ」

ずるくて、かっこわるくて、みっともないのは、自分のほうだ。夏輝とのつながりが切れてしまうのが怖い。ただそれだけのことから目をそらしていた。もっともらしい言い訳をいくつも並べて。

「私のほうこそ、ごめんね。今の時期に、きついこと言っちゃった」

『いつものことじゃん』

「それ、フォローになってない」

そうだ。この程度の言葉で落ち込むような夏輝でないことを志乃は知っている。だから、本当のことを言えた。いつも、正直でいられた。そこに恋愛感情はなくても、仲間として過ごした時間は宝物だった。

『とにかく、いろいろ、ありがとな。今度、メシでもおごるわ』

「ううん。別にいい」

次に会う約束なんていらない。そんなものより、もっとほしいものがある。

「それより、いつか、ナツの舞台がプラチナチケットになったら、招待してくれる？

私、くじ運悪いから、抽選販売で勝てる気がしないんだ」

笑う気配があった。

『いつか？　すぐに決まってんだろ』

そう、それでいい。志乃は喉《のど》の震えを押し殺す。声だけならば、いくらでもごまかせる。夏輝ほどの才能はなくても、役者の端くれだ。

「ごめん。お風呂のお湯、出しっぱなしだった。切るね」

通話を切り、さよならとつぶやく。それが限界だった。志乃は声を上げて泣いた。


【十八日目】


「お疲れさま」

この言葉から始まる会話も、これで何度目になるだろう。帰りの車内の、たった数分間。それが、驚くほどの確かさで自分を支えてくれた。無事にここまでこぎ着けたのも、この支えがあったから。

「明日から」

言葉がかぶった。明日から小屋入りなんだ、と言おうとしたら、ミナミも同じように「明日から」と行ったのだ。

明日から小屋入り、明明後日《しあさって》には初日を迎える。結局、愛璃にチケットを渡していないし、モリーも自腹でチケットを買ってくれたから、関係者席の割り当てには空きがある。都合がつくようなら、舞台を見に来てほしい、と誘うつもりでいた。

「どうぞ、言って」

「いいよ。ミナミさんからで」

じゃあ、遠慮なく、とミナミが微笑《ほほえ》んだ。

「私、明日から、イタリアに行くんだ。二週間だけど」

「イタリア？」

明日から二週間といえば、千秋楽の翌日に帰国するということだ。よかったら舞台を見に来てほしいと言い出せなくなってしまった。

「うん。トリエンナーレ。ビエンナーレに出品したから。それで」

トリエンナーレが隔年で、トリエンナーレは三年に一度行われるコンクール、だったたか。展覧会だったかもしれない。とにかく、作品を出して、それが展示されるということ。それも、イタリアで。

「すごいじゃん」

ありがとう、と答えるミナミの顔は誇らしげだった。舞台を見に来てもらえないという失望が、みるみる消えていく。この笑顔を間近に見られた幸運に感謝した。自分もこんなふうに誰かに「ありがとう」と言ってみたいと思った。

「それで、高梨さんのほうは？」

「明日から小屋入りでさ」

「こやいり？」

「舞台の設営が始まるってこと。本番の会場でやる作業だから、小屋入り」

「劇場のこと、ハコって呼ぶんだよね？　でも、小屋入りなんだ？　なんで？」

「うーん。俺も知らない」

劇団の仲間たちとの会話では出てこないような質問を、ミナミは頻繁に投げてくる。それが新鮮だった。思いも寄らぬ方角から、風が吹いてくる。そんな気がして、楽しかった。

「ミナミさん、あのさ……」

帰ってきたら、また同じ電車に乗る？　また話せる？　メアド訊いていい？

「いや、なんでもない」

二週間後のことなんて、今は考えたくなかった。明日のことでさえ。小屋入りをしたら、その日の芝居のことだけ考える。

「今のことだけ考えるって、やってみると難しいんだよなぁ」

「え？　どういうこと？」

「ごめん。話、いきなり飛ばした。ちょっと思い出したことがあってさ」

ミナミが小さく首を傾げる。それが続きをうながすときの仕種だと、ようやくわかってきたばかりだった。

「公演期間中の心得。劇団の仲間に教えてもらったんだ」

先のことを考えると不安になるし、過ぎたことを考えると必要以上に落ち込む。だから、今のことだけ考える。一分先のことも、一分前のことも考えない。

それじゃ、台詞まで思い出せなくなりそうだと言うと、モリーは大きく頭を左右に振った。

『だから、覚えるんでしょうが。考えなくても出てくるくらい、何度も何度も繰り返して』

あれも、飲み会のときだった。そういえば、「ナツは私の恩人なんだよ」と言われて戸惑ったことがある。逆だろう、と思ったのだ。モリーのほうが恩人だ、と。

「そうね。今のことだけ考えるのって、難しい。集中力がいる」

「だろ？」

「うん。いいこと教えてもらった。覚えとく。ありがとう」

「ミナミさんから、たくさん、いいこと教えてもらったから、お返し」

消去できたから、迷わずに進めたわけでしょう？　という声が耳に蘇る。切ったり、捨てたり、という声も。

「いいこと？　私、言った？」

「言ったよ」

ミナミのほうが自分よりも前を歩いている。その彼女に、多少なりとも役に立つことが言えた。

餞《はなむけ》っていうのかな、こういうの。って、それじゃ、もう会えないみたいじゃないか。やめやめ。考えていいのは、今のことだけだ。

イタリアに行ったら何が見たいとか、何を食べたいとか、そんな話をしているうちに、時間切れになった。

「じゃあ、またね」

昨日と同じ言葉を口にして、ミナミが電車を降りる。ホームに降りた彼女に、手を振ったところで、ドアが閉まる。ひとつだけ、いつもと違うことをした。

彼女の姿が見えなくなっても、夏輝は手を下ろさなかった。誰もいないドアの向こう、流れていく夜の闇に、ただ手を振り続けた。

［十九日目］

実家からキャベツを大量に送ってきたから、食べるのを手伝ってほしい、と愛璃に誘われた。実家が農家なのだという。初耳だった。

断る理由はなかったから、承諾した。志乃としても、願ってもなかった。人目のない場所で話がしたかったのだ。

狭い玄関で靴を脱ぎながら、ここへ来たのは二度目だな、と思った。一人暮らしをしている者同士、親しくなってからは頻繁に自宅を行き来している気でいたが、実際には、志乃のアパートに愛璃がやってきた回数のほうが圧倒的に多かった。

段ボール箱はすでに片づけられていた。限られたスペースしかない部屋では、箱は即座に畳むのが掟である。

「お米は大歓迎ですけど、野菜は困るんですよね。食べても食べても減らないし、どんどん悪くなるし。同じものばっかで飽きるし」

「これじゃ、飽きると思うよ？」

テーブルの上には、キャベツを山盛りにした鍋とフライパン。千切りにするのが面倒だったのか、すべてざく切りである。

「炒めるとか、ゆでるとかすればいいのに」

「えー。めんどくさい」

愛璃が口をとがらせる。

「わかった。交代して」

食べるのを手伝うはずが、作るのを手伝う結果になってしまった。フライパンに盛られたキャベツの半分はそのまま皿に盛り、残り半分を炒めて塩胡椒《こしょう》で味をつけた。鍋の山盛りキャベツは、そのままスープ煮にした。台所には塩と胡椒とスープの素しかなかったのだ。

キャベツが大量にあるというから、メンチカツを手土産にしたのだが、正解だった。メンチカツをのせたキャベツのざく切り、キャベツ炒め、キャベツスープが並ぶと、どうにか食卓らしくなった。

「モリーさん、梅酒は苦手じゃないですよね？　こっちも手伝ってくださいよ」

自家製なんですと言いながら、保存瓶に半分ほど入った薄茶色の液体を、愛璃は炭酸水で割って出してくれた。梅酒のように甘いアルコール飲料は好きではないが、自家製のものとなると断りづらい。アルコールそのものが飲めないわけではないから、なおさらだった。

「愛璃はそのまま？　甘すぎない？」

「実家のだけは、そのまま飲めるんですよねえ。どういうわけか」

試しに、愛璃の真似をしてそのまま飲んでみたが、やはり甘すぎる。結局、一口飲んだだけで、残りは炭酸割りにした。

当たり障りのない話をしながら、梅酒の炭酸割りを飲み、ひたすらキャベツを口に運んだ。どうやって話を切り出そうかと頭を悩ませていたせいか、いつもより速いペースでグラスを重ねてしまった。

憎まれ役になるのは覚悟の上で、夏輝を追い回すのは控えたほうがいいと忠告するつもりでいた。夏輝自身の気持ちが冷めていたとしても、他人様の恋路を邪魔しようとしたのは事実。せめてもの罪ほろぼしのつもりだった。何より今は、初日を前にした大事な時期である。公演が終われば、夏輝自身が別れ話を切り出すだろう。もしかしたら、そのころには愛璃も頭が冷えているかもしれない……。

「そろそろ本題に入りません？　大事な話があるんですよね？」

頭の中をのぞき見られたような気がした。こちらから話があるなんて、一言も口にしていなかった。顔に出ていたのだろうか。

「わかった。言うね。ナツのことなんだ。お節介なのはわかってるんだけど」

「はい。お節介です。めっちゃ迷惑です」

志乃の言葉を遮って、愛璃がきっぱりと言った。さらに、その声が低くなった。

「いい加減にしろよ、クソババア」

ぎょっとした。愛璃の口から出た言葉だとは思えなかった。アルコールのせいかもしれない。そういえば、志乃自身もかなり酔いが回っていた。

「邪魔なんだよ。仲間面《づら》して、先輩にくっついてんじゃねえよ。カノジョでもないくせにさ。ムカつく」

「待って。私、そんなつもりじゃな……」

「初日のチケット送ってとか、図々しいんだよ。いい気になってんじゃねえよ」

「ちょっと！　送ってなんて、言ってないってば」

夏輝との通話が思い出された。届かなかったチケットの件が。郵便事故の類だと思っていたが、本当にそうだったのか？　アパートの集合ポストはダイヤル式だ。番号さえ知っていれば、誰でも開けられる。

　愛璃は幾度となく志乃のアパートに来ている。愛璃を伴って帰宅したこともある。もしも、あのとき……。

「だいたい、別れさせ屋を雇うとか、ひどくない？　ひどいよね？　まあ、だまされたみたいだけど。自業自得ってやつ？」

　血の気が引くのが自分でもわかった。バレた？　でも、どうして？　オフィスＣＡＴのサイトを初めて見たときには、二人いっしょだった。牛丼屋で愛璃は「ないない。あり得ない」と言った。その場で終わった話だった。なのに、なぜ、愛璃がその先を知っている？

「先に卑怯ワザ使ったのは、そっちなんだからね。何されても文句言えないよね？」

　視界が大きく傾いた。ひどく気分が悪い。さっき、血の気が引いたと思ったのは、悪酔いだったのかもしれない。グラスを持っていられなくなって、テーブルに下ろす。音をたててグラスが倒れた。手に力が入らない。おかしい。

「へーえ。ほんとに効くんだ？　すごーい」

　楽しげな愛璃の声が遠くから聞こえる。何を飲ませたと問いつめたいのに、言葉にならない。頭が重い。

「さっさと寝ちゃいなよ。楽しい楽しい撮影会だからさ」

愛璃が耳許に口を寄せてくる。動画、と聞こえた。きゃはは、と耳障りな笑い声。

背筋が凍る。……まずい。

軸が定まらずに揺れる体を、敢えて前へと倒す。テーブルに飛び込むようにして、皿やグラスを押し出す。食器類が床に落ちれて、やかましい音をたてれば、隣や階下の住人が怒鳴り込んでくるかもしれない。

だが、食器が割れる音は、思いのほか小さい。遠くから聞こえてくる気がするのは、自身の聴覚が鈍っているせいなのか。

「暴れんじゃねえよ、クソが！」

髪の毛をつかまれた。抵抗したつもりだったが、どう動いたのか、もう自分ではわからない。残念でした、と勝ち誇った声が耳元で聞こえた。

「下は空き部屋、隣は夜勤。それくらい、調べてるっての」

壁の薄さは、住んでいる本人が誰よりも承知している。何の手も打たないはずがない。その周到さに、全身の血が凍る。もはや、うめき声すら出てこない。

助けて。誰か、気づいて。

不意に、風鈴が鳴るような音を聞いた。引っ張られていた髪がゆるみ、体が浮いた。

目の前に迫る床に、思わず目を閉じる。

意識が飛んだ。


【二十日目】


自分がどこにいるのか、わからなかった。心配そうにのぞき込んでくる顔を見て、余計に戸惑《とまど》った。

「お水、飲めますか？」

雛子がまた違う顔をしている、とぼんやり思った。カラコンでもないし、眼鏡もかけていない。髪の色も至極真っ当だった。

起き上がろうとしたら、視界が斜めになった。手伝ってもらって上体を起こす。両側から抱《かか》えられたことに遅れて気づいた。

もう一人、いる。見知らぬ女性だった。誰だろう？

と、雛子の肩越しに愛璃の姿が見えた。ふてくされたような顔でこちらを見ている。

一瞬で記憶が巻き戻った。

「昨夜のこと、覚えていますか？　もちろん、意識を失う直前のことですが」

うなずいてみせたが、雛子に訊かれるまでもなかった。

『へーえ。ほんとに効くんだ？　すごーい』

全身の皮膚が粟立《あわだ》つのを感じた。あの急速な酔いと、不自然に途切れた意識。

「では、今から警察に行きましょう。物証は押さえてありますから」

雛子が手にしていたのは、ポリ袋で包んだペットボトルだった。梅酒を割るのに使った炭酸水の。二人とも同じものを食べ、同じ梅酒を飲んだ。グラスに直接、薬を混入する隙もなかった。いったい、どうやってと不思議に思っていたが、それで納得がいった。

あの梅酒は甘すぎて、とてもそのままでは飲む気になれなかった。愛璃は「実家の梅酒だからこのまま飲める」と嘘をついて、志乃にだけ炭酸水を飲ませた。

「デート・レイプ・ドラッグの使用は、傷害罪ですからね。他にも、郵便物の窃盗を含めて、余罪だらけですし。被害届を提出することをお勧めします」

ほんの一瞬、愛璃の頬がぴくりと動くのが見えた。

「待って。警察には行きません」

「なぜですか？　ここで許したら、彼女はまた同じことを繰り返すと思いますよ？

今回が初めてではないようですから」

今度ははっきりと、愛璃が顔を強《こわ》ばらせた。ということは、雛子の言葉は事実なのだろう。愛璃は以前にも、誰かにこんなことをしていた……。

「今は、公演直前だから」

ここで愛璃を許して、彼女が今後も同じことを続けたら、自分も同罪になる。それでも、今だけは警察沙汰にしたくない。夏輝を巻き込みたくなかった。

「愛璃。わかるよね？　もうナツに近づかないって約束して。そしたら、警察には行かない」

「はぁ？」

「私とナツはあんたが思ってるような仲じゃない。私は自分の夢を勝手に背負わせてるだけ。いつかナツがブレイクしたら、昔の仲間だよって周りに自慢したいだけ。自分の手柄みたいな顔してね」

「何それ。最低。あたしより、タチ悪いじゃん」

「そうだよ。ナツとつき合う気なんて、一ミリもないから。めんどくさいもの。でも、他の女にナツの邪魔をされるのは困る」

半分は本当で、半分は嘘だ。

「私は本気だからね。約束破ったら、被害届を出す」

「あんたと約束なんて、したくないんですけどぉ？」

「警察沙汰になってもいいなら、好きにして。劇団の仲間にも、一切合切《いっさいがっさい》、話すからそのつもりで。狭い業界だから、おかしな噂《うわさ》が広まるのは困るよね？　同じことをしようとしてたんだから、わかるよね？」

愛璃が黙り込んだ。図星だったのだろう。昏倒《こんとう》している志乃を使って、どんな動画を作ろうとしていたのかはわからない。ただ、志乃が「狭い業界」に二度と顔を出せないようにしようとしていた。

「ナツにつきまとわないなら、私も全部、忘れるから」

正しくない選択だとは思う。けれども、正しい選択がイコール悔いのない選択だとは限らない。後悔したくない。ただそれだけだった。

＊

まず向かったのは、近所のコンビニだった。愛璃のところでトイレを使う気になれず、ずっと我慢していたのだ。

「体調はいかがですか？　吐き気や頭痛は？」

個室を出ると、すぐそばで待機していたのだろう、雛子が心配そうに声をかけてきた。もう一人の女性がミネラルウォーターを買ってきてくれた。彼女が篠原《しのはら》楓《かえで》という名前で、オフィスCATのスタッフの一人だということは、ここへ来る道々、説明してもらっている。

その場でペットボトルの水を飲むと、いくらか頭がすっきりした。口の中の不快感も薄らいだ。

「あの……。何があったのか、教えていただけませんか?」

昨日は、スポーツクラブの日勤だった。それが終わって、駅ビルで手土産のメンチカツを買い、愛璃を訪問した。さらに、ざく切りのままのキャベツを調理するという手間があったせいで、食卓についたのはかなり遅い時間になっていた。

そして、目を覚ましたときには、窓の外はすでに明るかった。コンビニの掛け時計に目をやれば、六時少し前である。この数時間に、何があったのか。

「志乃さん、歩けますか?」

「歩けます……けど」

「じゃあ、外を歩きながら、お話ししましょうか」

雛子がちらりとレジに目をやる。ほとんど客のいない店内では、確かに話し声が響く。志乃はうなずいた。

気を失う寸前に聞いた風鈴のような音は、楓がドアチャイムを連打する音だったらしい。それだけでなく、楓は力任せにドアを叩き、「開けなさいよ！」と怒鳴り続けていたという。

「当初の予定では、終電に間に合わなくなる時間まで待って、それでも志乃さんが出てこなかった場合、部屋に踏み込むつもりでした。ですが、食器が割れる音が室内から聞こえたので、予定を変更したんです」

「外まで聞こえてたんですか⁉」

「聞こえたというより、聞いていたんです。ドアに耳を押しつけて」

こうやって、と耳を押し当てる仕種をしたのは、楓だった。

「他の住人に見られたりしなかったんですか？」

「見られましたよ。じろじろと。でも、ドアの前に座り込んでる酔っぱらい女なんて、かかわり合いになりたくないじゃないですか。ああ、もちろん、飲んでないです。ただ、ビールの空き缶を転がしといただけで」

もしも、座り込んでいたのが男であれば、近隣住人の反応は違っていたのかもしれない。或いは、ファミリー向けの集合住宅なら、「お節介なおばさん」が声のひとつもかけてきたかもしれない。だが、愛璃が住んでいたのは独身者向けの物件だった。

「ヤバい状況になったと思ったんで、めっちゃ大声で怒鳴ったんです。そしたら、しぶしぶドアを開けてきて。まだドアチェーンかかってたんで、中に入れてくれないなら、警察を呼ぶって脅したんです。私の友だち、ラチカンキンしてるでしょって」

「もしも、何もなかったら、どうするつもりだったんですか？　逆に通報されたりしたら」

「何もないなら、志乃さんもいっしょに玄関先まで出てきたはずでしょう？　でも、出てきたのは、彼女一人だった。だから、遠慮なく大騒ぎさせてもらいました。警察呼ばれて困るのは、あっちだし」

ただ、ドアを開けたのは、愛璃なりの策だったらしい。楓が玄関に入るなり、スタンガンで攻撃してきたのだという。

「でも、二対一ですからね。向こうは私一人だと思って油断したみたいですけど。いや、それでも私、思いっきり食らっちゃいましたけど」

「食らった？　スタンガンをですか？」

「いやいや、大丈夫ですから。服の下に絶縁シート巻いてたんです。包丁でぶっすりやられるかもしれなかったし。ほら、これです」

「やめなさい。こんなところで」

シャツをまくろうとする楓の手を、雛子がぴしゃりと叩く。失礼しました、と楓が小さく舌を出す。

「篠原を盾に使ったわけではないんですが、彼女がそちらに気を取られてくれたおかげで、ドアの陰から近づいて取り押さえることができました。それでも、倒れている志乃さんを見たときには、血の気が引きましたよ」

志乃が目を覚ましたときには、愛璃はただ座っていたが、取り押さえた直後は拘束していたのだという。志乃の手当てをしている間に逃げられたり、証拠隠滅を図られたりしないように。

全く記憶にないのだが、雛子が軽く頬を叩くと、志乃は一度、目を覚ましたらしい。薬の量が少なかったのか、アルコールに強い志乃には効き目が薄かったのか、「気持ち悪い。トイレに行く」と自力で立ち上がろうともした。

雛子はそこまでしか話さなかったが、胃の内容物を吐かせたり、水を飲ませたりといった処置を施《ほどこ》してくれたのは間違いない。でなければ、たかだか数時間で、ここまで回復しているはずがなかった。

駅までの短い距離では話が終わらず、二十四時間営業のカラオケボックスに入った。幸い、始発電車が動くまでの時間をつぶしていた客と入れ替わる時間帯だった。

「改めて、お詫《わ》びしなければなりません。ご迷惑をおかけして、すみませんでした」

個室に落ち着くなり、雛子はそう言って頭を下げた。それを見て、楓も頭を下げる。

「クライアントの安心のために、通常、私たちはSNSのアカウント以外はお尋ねしないようにしています。ですが、今回はそれが裏目に出ました。SNSを回避した結果、連絡手段が全くなくなってしまった。さぞ不安になられたかと」

「アカウントをブロックしたのは、のぞき見されていることに気づいたからだったんですね」

「気づいたことに気づかれたくなかったんです」

雛子の謎めいた行動について、志乃は何度か説明を求めた。うっかり「通話とSNSの指示が違う」などと書いてしまったら、愛璃は雛子の意図を見抜いていたかもしれない。なるほど、あれ以上、やり取りを続けるのは危険だったわけだ。

「できることなら、別れさせ屋を装《よそお》った詐欺に、志乃さんが引っかかったと思わせて、油断させたいと考えたんです」

目に見えて説明や連絡が雑になったのが不思議だった。信用できる相手だと思っていたのに、急に手のひらを返されたような気がした。詐欺に引っかかったと思わせたかったと聞いて、納得がいった。

「警戒レベルを引き上げられたら、対処できなくなりかねません。私たちが最優先するのは、クライアントの安全です。もしも、こちらが複数だと知れば、彼女も手駒を増やして対抗したかも……」

　客の男とか、と言われて、ぞっとした。志乃が恐れていたのも、それだ。インディーズとはいえ、愛璃には「ファン」を名乗る客がそれなりにいる。中には、愛璃の言いなりになる男もいるかもしれない。

「ただ、共犯者というものはリスクと背中合わせです。彼女にすれば、可能な限り避けたいはず。だから、志乃さんが孤立している限り、彼女も単独で行動を起こすと踏んだんです」

「一人……だったんだ」

　撮影会という言い方をされて、半ばパニックになったが、あれは単なる脅しだったらしい。今さらのように安堵した。

「念のために、彼女の行動も監視しましたし、交友関係や経歴についても可能な限り調査しました。今回に限っては、単独犯ですから、ご安心を」

今回に限っては、ということは共犯者がいたこともあったのだ。共犯者がどんな人間で、今はどうしているのか、また被害者がどうなったのか、怖くて訊けなかった。

「だけど、いつから気づいてたんですか？　彼女がのぞき見してるって」

「志乃さんが、気づかれたと連絡してくださったときからです」

あの日だ。夏輝のところに差し入れを持っていった日。

「こちらの動きに気づくタイミングが早すぎましたから。それで、敢えてSNSと通話とでは異なる内容の指示を出させていただきました」

あ、と志乃は小さく叫ぶ。SNSでは上野のファストフード店で待ち合わせと書いてあったのに、そこへ向かう途中に通話が入り、急に日暮里に変更すると言い出した。

あれは、愛璃が上野に現れるかどうかを試していた、ということか。

「あの時点では、SNSののぞき見なのか、盗聴なのか、判断がつきかねたので」

「盗聴？」

「いえ。幸いにもそちらはシロでした。彼女が現れたのは日暮里ではなく、SNSで送った上野のファストフード店だったので」

言われて、ふと疑問が湧いた。

「ちょっと待って。雛子さん、日暮里で私と会ってましたよね？　どうして、そのときに彼女が上野にいたってわかったんですか?」

　私です、と小さく手を挙げたのは、篠原楓だった。

「私が確認しました」

　そこで、重大な見落としをしていたことに気づいた。

「どうして、愛璃の顔がわかったんですか?　二人とも、直接、彼女に会ったことないですよね?」

　インディーズアイドルで、志乃たちの劇団に何度か客演して、いつの間にか夏輝とつきあっていて、最近、よく愚痴を聞かされる。愛璃について、雛子に提供した情報はその程度である。顔のわかる画像は渡していない。

　劇団のチラシや所属事務所の公式サイトには、小さな顔写真が載っているが、実物よりも「盛った」写真である。普段の素顔とは些か異なる。

「すみません。こっそり写メりました」

　楓が身を縮めるように頭を下げる。

「お二人が夏輝さんに差し入れを持って行かれた日、私もいたんです。貸しスタジオの入ってるビルの前に」

　自撮りするふりをして、と言われて思い出した。

「あの観光客ですか!?」

電柱を背に、自撮り棒を構えていた女性がいた。大きなスーツケースを引きずり、目立つ耳つき帽子をかぶっていた姿から、てっきり外国人だと思い込んでいた。

「やった！　変装成功！」

楓がうれしそうにガッツポーズをする。耳つき帽子を目深《まぶか》にかぶっていたせいか、ほとんど顔の印象がなかった。

「変装というほどの変装じゃないでしょう?」

雛子にぴしゃりと言われて、楓がたちまちトーンダウンする。

「そりゃあ、ネズミ帽子と旅行鞄《かばん》と自撮り棒をセットで持ってたら、外国人観光客にしか見えないとは思いますけど」

がんばったのに、と楓が恨めしげに雛子を見る。どうやら、日頃から楓は雛子から期待通りの評価をもらえずにいるらしい。

「油断のならない相手だとわかっていましたし、志乃さんが私に気づくとまずいので、撮影は彼女に任せたんですが」

雛子が意味ありげに言葉を切る。

「もうひとつ、理由がありまして。愛璃さんの声を彼女に覚えさせるのが目的だったんです。外国人の前なら、声のボリュームを落とさずに話を続けるでしょう？」

　確かに、周りが日本人なら盗み聞きを警戒するが、日本語が理解できないであろう外国人の前であれば、無警戒に会話を続けるだろう。実際、あのときの志乃と愛璃はそうだった。

「篠原は、とても耳がいいんです。愛璃さんがどんな変装をしても、声だけは変えられませんから」

　しょげていた楓がまたも得意げな顔になる。もしかしたら、雛子はおもしろがってやっているんじゃないかとさえ思う。

「あ、それで……間違い電話を装って、何度も返事をさせろって」

「すごかったですよ、あの人の変装」

　元気を取り戻した楓が身を乗り出してくる。

「上野ではド地味な女子高生。品川駅のときは、取引先の相手と待ち合わせてる会社員。どっちも、そのものって感じ。雛子さんとガチで勝負できそうな人って、私、初めて見ましたよ」

　そういえば、午後二時から三時まで、品川駅高輪口には近づくなという指示もあった。そこに現れたということは、雛子が何らかのアクションに出ると思い込み、様子を見に行ったのだろう。

「だけど、まさか、スマホの中身を見られてたなんて、思ってもみませんでした」

愛璃が郵便受けからチケットを抜き取ったと知ったときにも驚いたが、今回はその比ではない。

「遠隔操作って、そんな簡単にできるものなんでしょうか。昔と違って、今は乗っ取りの対策とかも進んでるって聞いてたのに」

「別に、難しい操作をしたわけじゃないと思いますよ」

「どういうことですか？」

「志乃さんが席を外している隙に、こっそり中身を見たんでしょう」

「あり得ないです。だって、私、スマホを置きっぱにしたりしないし」

「本当にそうでしょうか？　たとえば、カフェで充電している最中は？　愛璃さんとよく行くお店をお訊きしたら、志乃さん、電源のあるカフェの名前を挙げてらっしゃいましたよ？」

それで、二人でよく行く店の名前を訊かれたのか、と気づいた。言われてみれば、愛璃とカフェでランチやお茶をするときには、必ずスマホも充電していた。モバイルバッテリーを持ち歩いていても、コンセントがあれば、そちらを使う。

「トイレに行くとき、わざわざケーブルを抜いてスマホを持っていきましたか？」

一人でカフェに入ったのであれば、そんな不用心なことはしない。ただ、愛璃が見ていてくれるから安全だと思って、そのままにして席を立っていた。限られた時間で、スマホのバッテリーを最大限に回復させるためには、トイレに行く数分間も無駄にしたくなかったのだ。

「おそらく、愛璃さんはわざとスマホを置いたままでトイレに行くようにしてたんでしょう。見ててくださいね、とか何とか言って。同行者にそれをやられると、充電途中なのにケーブルを抜いてスマホを持って行く、という行動が取りにくくなります」

そうかもしれない。愛璃を全く警戒していなかったから、当たり前のようにスマホをそのままにしてトイレに行った。

「でも、ロックかけてたのに」

「志乃さんのスマホ、アンドロイドですよね？　ロック解除の設定は、パスワードでも指紋認証でもなく、パターン認証にしてらしたと記憶しているんですが」

画面上に現れた九個の点を一筆書きの要領で結ぶ。あらかじめパターンを設定してあり、そのとおりになぞらないとロックは解除されない。ただ、数字やアルファベットほど複雑ではないから、盗み見しようとすればできるはずだ。しかも、愛璃と知り合ってから、パターンの設定を変更していなかった。

郵便受けのダイヤルの番号を見て覚えるほどの記憶力の持ち主である。九つの点を結ぶだけのパターンを覚えるなど、造作もなかっただろう。そればかりではない。「そのものって感じ」の変装をやってのけ、向かい合って食事をしながら何食わぬ顔で飲み物に薬を盛った。

野心や熱意はあっても、プライベートでは脇が甘いと思っていた。客の男に「家バレ」するような、迂闊《うかつ》なタイプだと。だから、夏輝との密会現場を押さえられたらと気が気ではなかった。まるで見当違いの心配をしていたことになる。だいたい、「家バレ」の一件だって怪しい。志乃には言えないようなトラブルで引っ越しを考えていたのかも知れない……。

「あんなことする子だったなんて思わなかった。ショックでした」

「まあ、最初から志乃さんに危害を加えようと思っていたわけではないと思いますよ。弱みを握っておいて、いつか手駒として使おう、くらいのことは考えていたかもしれませんが」

「じゃあ、彼のことも利用するつもりだった？　本気で好きだったわけじゃなく？」

わかりません、と雛子は首を横に振った。

「ただ、夏輝さんのほうから距離を置こうとしたようでしたから、それが彼女のプライドを傷つけたのかもしれませんね。別れを切り出すのは必ず自分からと考えているタイプっていますから。本気で好きかどうかはさておき」

それと前後して、夏輝が志乃に舞台のチケットを郵送していたことが判明した。おまけに、のぞき見たＳＮＳには、志乃と「別れさせ屋」のやり取りが残っていた。そこに至って、志乃は完全に敵認定されてしまったのだろう。愛璃は、夏輝に対する怒りの分も上乗せして、志乃を攻撃することに決めた……。

「やっぱり、警察に届けるべきだったんでしょうか」

夏輝を巻き込みたくない一心で、被害届は出さないと決めた。でも、そうやって見逃してしまったことで、犯罪者を野放しにしてしまったのではないか？

「もしも、この先、誰かがひどい目にあったら。それって、私の……」

私のせいかもと言いかけた志乃を、雛子が静かに遮った。

「それはどうでしょうね」

「でも、雛子さんも、警察に届けなくていいのかって訊いてきたじゃないですか」

「すみません。あれ、嘘です」

「嘘？」

「彼女に釘《くぎ》を刺すために言っただけです。実際のところは、被害届を出したとしても、結果はそれほど変わらないと思いますよ。傷害罪といっても罰金刑でしょうし、警察沙汰になった程度で彼女が心を入れ替えるとは思えませんし」

雛子の表情がにわかに険しくなる。

「彼女のやり方は、とても手慣れていて巧妙でした。つまり、昨日今日、始めたようなことじゃないんですよ。彼女はずっと、他人をだまして、利用して、踏み台にしてきた。それこそ、息をするほど自然に」

信用できない人間には鼻が利くようになったと思っていた。口先だけだったり、やたらと話を盛ったりする輩《やから》は見慣れているから、と。それでも、だまされた。愛璃の悪意を全く見抜けなかった。雛子の言うとおり、愛璃は息をするように嘘をついていたから。

「彼女に必要なのは、刑罰ではなく、治療ではないかと思います」

けれども、愛璃自身が望まない限り、その機会は与えられないだろう。それを思うと、他人事《ひとごと》ながら暗澹《あんたん》たる気持ちになった。

「私たちも、誰かの恋人や配偶者を横取りするのが仕事です。嘘をついてお金をもらっているわけですから、彼女のことを言えた義理じゃありませんけどね」

「でも、あなたたちは、誰かを傷つけたりしないじゃないですか。誰かを助けているじゃないですか」

愛璃は息をするように嘘をつくが、雛子は仕事として嘘をつく。まず、そこが違う。

「私たち役者が人を楽しませるために嘘をつくみたいに、あなたたちは人を救うために嘘をついているんだと思います」

少なくとも、自分は救われた。助け出してもらえた。雛子は詐欺師どころか、大恩人だ。

「そうですね。そうありたいとは思っています」

雛子は静かにそう言った。

［最終日］

「はい、確かに頂戴いたしました」

ベテラン銀行員のような手つきで一万円札を数えると、雛子は志乃に頭を下げた。手付けを含めて十万円。決して安い金額ではないが、いや、安くないからこそ、適正だった。

どんな理由をでっち上げても、自分が間違っていることはわかっていた。だから、懐が痛む金額でなければならなかったのだ。自分自身を罰するために、その痛みは必要だった。もしも、もっと安い金額を提示されていたり、ただでいいと言われたりしていたら、むしろ二の足を踏んでいたかもしれない。

「最初にお会いしたときと同じ服装なんですね」

セーラーカラーのブラウスに、ピンクの吊りスカート、赤いセルフレームの眼鏡に三つ編みが三本。秋葉原なら違和感はないのだろうが、ここは品川駅近くのカフェである。その姿はやたらと目立つ。

「もう目印は要《い》らないのに」

日暮里駅の改札口付近の人混みでも一目でわかる服装だった。一度も会ったことがないから、目印にするためにコスプレまがいの服装にしたのだろうと思っていた。

「今日の目的は逆なんですよ。見つからないようにするためです」

「誰に？」

雛子が意味ありげに窓の外へと視線を走らせる。ということは、夏輝だ。

「この時間だったら、大丈夫。ナツはゲネ終わったばかりで、楽屋にいるはずです」

「ゲネ？　ええと、最終リハーサルのことでしたっけ。ドイツ語でしたよね、ゲネラルプローベ？」

もとの言葉は知らないが、意味は最終リハーサルで合っている。衣装もメイクも音響も照明も、何もかも本番と全く同じ条件で行うため、リハーサルを兼ねて関係者を招待したりする。また、夏輝が出演する舞台のように、ファンクラブやマスコミ関係者に限って公開することもある。

「それでも、万が一ということもありますから。この姿であれば、いつも電車で乗り合わせる染織家と同一人物とは思わないでしょう」

「染織家になりすましたんですか」

「そういう仕事をしている知り合いから、いろいろと小道具を借りまして」

雛子が楽しげに笑う。いったい、どんな姿で夏輝の前に現れたのだろう。三つ編み三本とも、オレンジの髪にブルーのカラコンとも異なる姿だろうが、全く想像がつかなかった。

「ジャンルが違っていて、ポジションが近い。そういう相手には気を許しやすいんですよ。競争心より共感が強く出るので」

演劇と美術という異なるジャンルで、マイナーとメジャーの狭間《はざま》にいる者同士、ということか。自分と夏輝の間には成立し得ない関係だと思うと、いささか複雑な気分だった。

「でも、ぎりぎりで踏みとどまりましたから、ご安心を」

恋愛にまでは発展していませんと言われて、志乃は目を見張った。雛子には、夏輝とつきあっていたこともないし、この先もつきあう気はないと明言したはずだ。そもそも、あの時点では、志乃自身も恋愛感情を自覚していなかった。

「最初の打ち合わせの席で、全く嘘をつかないクライアントなんていません」

「ごめんなさい。自分でも気づいてなかったんです」

それもよくある話ですよ、と答える声が優しい。

「いずれにしても、夏輝さんの経歴に傷をつけないように、愛璃さんを引き離すためには、ぎりぎりのラインで接近するのが最善の策でした。夏輝さんご自身が、愛璃さんとの関係を客観視して、清算しようと考えるようにするのが」

放置しておいても、夏輝と愛璃は破局に至るのではないかと思っていた。だが、実際には、二人の間の不協和音は雛子によって誘導されたものだったらしい。

「でも、彼とつきあうつもりはないっていうのは、本当です」

夏輝には、ひたすら上を目指してほしい。もっともっと遠くへ、飛び立ってほしい。夏輝には、その才能があると信じている。

「それに私、インストラクターの仕事に本腰を入れようと思ってるんです。そっちで新しい出会いがあるかもしれないし」

劇団のほうは、これまでと同じように続けるつもりだが、年齢を重ねるにつれて、少しずつ遠ざかっていくことになるだろう。

「いいですね。志乃さん、指導者に向いてらっしゃるから」

「向いてるかどうか。まあ、教えるのは嫌いではないですけど」

「好き嫌いではなく、適性があると思うんです。志乃さんは、相手が必要としている言葉をかけることができる人だから。相手が欲しがる言葉ではなく」

夏輝さんも、そう仰《おっしゃ》ってましたよ、と言われて驚く。

「一分先のことも、一分前のことも考えずに、今のことだけ考える……って、志乃さんの言葉でしょう？　彼、今も忠実に実行しているそうです」

飲み会の席での会話だ。翌朝になれば、夏輝は忘れてしまっているんだろうと思っていた。覚えていてくれた。何げなく口にした言葉が、今も夏輝の中にある。これ以上、望むことは何もないと心の底から思った。

「あ、もうこんな時間。物販の列に並ばなきゃ」

二・五次元は、パンフレットやブロマイドを買うのも一苦労なのである。けれども、そのブロマイドの売り上げが夏輝の成績になると思えば、並ばないわけにはいかない。

叶うこともなく、叶えるつもりもない恋だった。ただ、この場所にいたい。客席で、夏輝を見上げていたい。いつまでも。

「これ、私の分のお会計です。あとはお願いします。雛子さんは、ゆっくりしていってくださいね」

もうすぐ初日の幕が上がる。ペンライト六本を詰め込んだバッグを抱《かか》え、志乃は立ち上がった。

design：坂野公一（wells design）

この作品は徳間文庫のために書下されました。
なお本作品はフィクションであり実在の個人・団体などとは一切関係がありません。

徳間文庫

泥棒猫ヒナコの事件簿

泥《どろ》棒《ぼう》猫《ねこ》リターンズ

2019年11月15日 初刷
2024年3月20日 2刷

著者 永《なが》嶋《しま》恵《え》美《み》
発行者 小宮英行
発行所 株式会社徳間書店
東京都品川区上大崎三-一-一 目黒セントラルスクエア 〒141-8202
電話 編集〇三(五四〇三)四三四九 販売〇四九(二九三)五五二一
振替 〇〇一四〇-〇-四四三九二
印刷 製本 大日本印刷株式会社

ISBN978-4-19-894515-2 (乱丁、落丁本はお取りかえいたします)